COSACNAIFY

TRADUÇÃO

MARÍLIA GARCIA

MATHIEU
LINDON

O QUE AMAR QUER DIZER

OLHOS CHEIOS DE LÁGRIMAS

Em busca de um livro, acabo esbarrando em outro – com que leitor, com que autor nunca se passou algo assim?

Estou atrás de uma gramática para resolver uma dúvida de concordância e encontro uma coletânea em inglês com textos da americana Willa Cather, que comprei há séculos numa livraria nova-iorquina e nunca mais abri. Adoro seus romances e narrativas, que me enchem os olhos de lágrimas pelo modo delicado e generoso como tratam a dureza de se enfrentar a vida. Porém essa coletânea, dirigida a um público com mais de quarenta anos, não é ficção. Inclui um texto sobre *José e seus irmãos*, de Thomas Mann, outro sobre Katherine Mansfield, que tem tudo para me interessar. Apesar disso, nunca mais pus os olhos no livro desde que o comprei.

O primeiro texto se chama "A chance meeting", que, depois de ler, poderia traduzir por "Um encontro ao acaso". Porque a primeira frase me prende, sem ter contudo nada de especial ("Aconteceu em Aix-les-Bains, um dos lugares mais agradáveis do mundo"), e não deixo mais escapar nenhuma palavra. Em agosto de 1930, Willa Cather, então com cinquenta e três anos, desceu ao salão do Grand Hôtel acompanhada de alguém próximo cujo gênero a língua inglesa permite deixar indeterminado mas que desconfio, nos casos em que ocorre uma imprecisão desse tipo, tratar-se de alguém do mesmo sexo, fato que confirmo numa biografia. A amiga era Edith Lewis, íntima da escritora. No mesmo hotel está hospedada uma senhora francesa de pelo menos oitenta anos de idade, que faz todas as refeições sozinha e que depois do jantar vai para o seu quarto, isso quando não torna a sair para que um motorista a leve até a ópera.

Uma noite em que não vai à ópera, ela fica fumando no salão do hotel e dirige a palavra a Willa Cather, pedindo-lhe para falar descomplicadamente pois, por falta de prática, não domina o inglês como antes. Vive em Antibes, mas é apaixonada pela música tocada em Aix, mencionando Wagner e César Franck. Alguns dias depois, a escritora e sua amiga voltam a encontrar a octogenária. Quando mencionam a revolução soviética, Edith Lewis comenta que considera uma sorte os grandes escritores russos como Gógol, Tolstói e Turguêniev não terem vivido o suficiente para testemunhá-la. “Sim, é mesmo”, disse a senhora, “sobretudo Turguêniev. Teria sido horrível para ele. Em certa época conheci-o bem.”

Willa Cather escreve que ficou estupefata, depois de ter refletido um pouco e visto que era possível, que a mulher tinha idade suficiente para ter conhecido Turguêniev, embora fosse a primeira pessoa que encontrava a poder tê-lo feito. A senhora sorri e responde que quando jovem via-o com frequência, e que Turguêniev, por ser grande amigo de seu tio, corrigia sua tradução de *Fausto*, e Willa Cather percebe que o entusiasmo da outra aumenta com a conversa, que sua voz se torna mais calorosa e seus olhos, mais brilhantes. Ela prossegue: "Minha mãe morreu quando nasci, e fui criada na casa do meu tio. Ele era para mim mais que um pai. Meu tio também era um homem de letras, talvez você o conheça, Gustave Flaubert...". Willa Cather observa que essas últimas palavras são ditas num tom estranho, como se a velha senhora estivesse cometendo alguma indiscrição, e que seu sentido só lhe chega aos poucos, a descoberta de que aquela octogenária é a "Caro" das *Lettres à sa nièce Caroline* [Cartas à sua sobrinha Caroline], livro que Cather, grande admiradora de Flaubert, naturalmente leu. E se emociona, sente-se atingida por uma montanha de lembranças, como se os grandes momentos do século XIX literário francês de repente se tornassem tão próximos que quase pudesse apossar-se deles.

Adoro em Willa Cather a bondade e a nobreza espontâneas no modo de pensar e agir de seus personagens. Ela é a única autora que conheço, ao lado do austríaco Adalbert Stifter no século XIX, cujos protagonistas mantêm o caráter exemplar por muito tempo sem que a verossimilhança sofra prejuízo. Ao ler sobre seu encontro com aquela que portanto se chama Caroline Franklin-Grout, me comovo ao ver na própria Willa Cather as virtudes de seus personagens. Flaubert é um de meus escritores preferidos e também me apaixonei por sua correspondência e sua biografia. Ele sempre demonstrou, em gestos e cartas, um afeto considerável pela filha de sua adorada irmã, que morreu dando à luz. Mas, por ela ter antes se casado com um homem que acumulou maus negócios, levando Flaubert de certa forma à ruína, e porque o escritor sempre teve mil motivos para se atormentar por causa dela, e porque os Goncourt espalharam diversas baixezas a seu respeito, sempre considerei Caroline um obstáculo na existência de Flaubert, uma infelicidade a mais a estragar uma vida que eu estava quase disposto a considerar tão calma e tranquila, tão sombria e decepcionante quanto ele diz que foi.

Agora, depois de encontrar a senhora, Willa Cather relê tudo na direção oposta. Percebe como a educação proporcionada por Flaubert, que desejava transmitir à sobrinha "o gosto das coisas intelectuais", foi bem-sucedida – aquela octogenária de 1930 que leu Proust (embora o ache "pesado e cansativo"), que se apaixona por Ravel, Scriabin, Stravinsky, e cujo semblante rejuvenesce ao ouvir uma ópera –, percebe que ele tinha a seu lado uma pessoa preparada para compreendê-lo maravilhosamente. "Existe situação mais feliz para um homem de letras? Quantos escritores encontraram um ouvido inteligente nos filhos ou nas filhas?" Willa Cather cita uma carta de Flaubert a Caroline cujas palavras ainda parecem adequar-se à velha senhora. "Um pouco de ortografia não lhe faria mal, minha querida! Pois você escreveu *aplomb* com dois *p*: '*Moral et physique sont d'applomb*'.[1] Acho que com três *p* a palavra teria ainda mais energia! Gostei desse engano porque ele se parece com você." Cather conta ainda que durante toda a vida Flaubert considerou Caroline mais que uma companhia:

1 Moral e físico estão em boa forma. [N. T.]

uma "cria da casa" a quem se protege e se quer bem; e que ela própria, por sua vez, durante toda a sua existência manteve a proximidade do tio, bem como o lenço com o qual secou o suor da testa do escritor logo antes de ele morrer.

Os livros me protegem. Sempre posso me refugiar neles, imune a todo risco, como se eles criassem um outro universo, inteiramente à parte do mundo real. Tenho a sensação paradoxal de que, estando neles, nada me atinge, ao passo que eles me perturbam de forma doentia, vítima de uma sensibilidade extrema à escrita, como essas pessoas forçadas a deixar as unhas crescerem para não tocar, por distração, alguma coisa com o dedo, visto que seus dedos são sensíveis demais para suportar o menor contato. Assim como elas, eu deveria ler com as unhas, só que esses constantes abalos me dão imensa alegria.

Ao ler sobre esse encontro flaubertiano, meus olhos se enchem de lágrimas, sinto uma emoção exagerada. É como se me reconhecesse ao mesmo tempo em Willa Cather e em Caroline, como se me identificasse com o encontro das duas. Por meu pai ter sido editor de Samuel Beckett, Alain Robbe-Grillet, Claude Simon, Marguerite Duras, Robert Pinget, Pierre Bourdieu e Gilles Deleuze, cresci bem perto de grandes e reconhecidos autores. Quando ainda morava com meus pais, certa vez ele me perguntou se eu escrevia um diário. Era mais uma advertência que uma interrogação. Não, por ser pretensioso eu não escrevia um diário, como meu pai devia saber muito bem. Eu já decidira escrever, e julgava que passar por essa etapa seria fácil demais, suscitando o interesse dos outros graças a um tema que não era mérito meu conhecer, em vez de consegui-lo com meu brilhante talento. É claro que meu pai só queria me ajudar, facilitar minha vida, não estava preocupado com minha lealdade, certo de que, se eu escrevesse um tal livro, iria apresentá-lo a ele em sua qualidade de editor e de que, assim, ele teria condições de eliminar o que não lhe agradasse. Só que, naquele momento, sua pergunta me surpreendeu, tão seguro estava de que a última coisa que ele queria neste mundo era que eu revelasse a menor informação. Ainda hoje, tendo mais ao despudor que à indiscrição. O tempo passou, meu pai morreu e há anos penso que por um mínimo de generosidade, por obrigação, eu deveria escrever, para alegria de alguns leitores, um livro sobre o que sei acerca de escritores admirados. Mas não encontro o tom, não sei como organizá-lo, o que dizer, o que não dizer.

Na verdade, a pessoa de quem estive mais próximo foi Michel Foucault, e meu pai não teve a menor participação nisso. Convivi com ele intensamente durante seis anos, até sua morte, e vivi quase um ano em seu apartamento. Hoje me dou conta de que aquele período foi responsável por mudar minha vida, foi a bifurcação que me fez abandonar um destino que me conduzia ao abismo. Sou vagamente grato a Michel, não sei exatamente por quê, talvez por uma vida melhor. A gratidão é um sentimento suave demais para se guardar: é preciso desvencilhar-se dele, e um livro é o único meio honroso de fazê-lo, o único comprometedor. Seja qual for o valor específico de diversos protagonistas de minha história, acontece o mesmo com todo mundo, em todas as civilizações: o filho deve esperar que alguém tenha a força e a capacidade de demonstrar de modo diferente o amor que o pai lhe dedicava e que sentia como um peso, para enfim saber no que ele consistia. É preciso tempo para compreender o que amar quer dizer.

Willa Cather também conta que, mesmo admitindo que em sua idade o futuro é uma coisa um bocado incerta, Caroline a convidou a visitá-la em Antibes em sua viagem seguinte, propondo-se a enviar-lhe, independentemente disso, uma lembrança do encontro, por exemplo, uma carta de Flaubert. A americana respondeu que não era colecionadora e que para ela os autógrafos não faziam sentido, depois chegou o momento de despedir-se daquela octogenária que fora casada duas vezes mas não falava dos maridos, como se o tio tivesse sido o único grande personagem de sua vida. Em novembro seguinte, em New Hampshire, Cather recebe uma carta da sra. Grout. A carta chega em estado deplorável, aberta e quase destruída. É que ela lhe fora endereçada aos cuidados de um obscuro livreiro de uma ruela de Paris onde Caroline sem dúvida desencavara um de seus livros, tendo escrito ao livreiro na suposição, concluiu Willa Cather, de que, como nos seus tempos de jovem, os livreiros fossem editores. O envelope continha somente um bilhete de Caroline informando que anexa seguia uma carta de Flaubert para George Sand escrita em 1866, mas o documento havia desaparecido. Willa Cather leva algum tempo em busca das palavras certas para não ferir sua correspondente e responde no mês seguinte dizendo que o desejo de Caroline de que ela fosse proprietária de uma carta de seu tio importava mais para ela do que a real posse da carta. Não ouve mais falar da senhora até que, em fevereiro do ano seguinte, amigos de sexo indeterminado enviam-lhe de Paris a nota necrológica da sra. Franklin-Grout, que, segundo o artigo, "conservara até idade muito avançada a inteligência e a risonha bonomia de uma encantadora mulher do mundo".

Também não ligo muito para autógrafos, mesmo havendo um que hoje me faz falta, não sendo consolo saber que Michel desejava que eu o tivesse. Nenhum fetichismo me ligava a ele. Eu adorava quando conversávamos, mas não necessariamente sobre seus livros. Fui formatado para não incomodar os autores com seus textos, para não me beneficiar das prerrogativas de meu pai: certamente, o que com ele era uma alegria sem igual, comigo seria uma chateação. E efetivamente, eu não tinha nenhuma pergunta específica a fazer-lhe; se tivesse conversado com ele sobre seus livros, teria sido só para reiterar meu entusiasmo durante a leitura, tarefa delicada e à qual então eu renunciava na maior parte das vezes, com uma mistura de submissão, preguiça, covardia e educação. Não tinha a menor ambição de resolver os grandes problemas do mundo falando com Michel e nem pretendia amealhar lembranças. Um dia falei de mim para ele e ele tomou minhas questões como se fossem um dos grandes problemas do mundo. Às vezes, a vida merece reflexão.

Meu pai tinha espírito competitivo, e essa combatividade comparativa era exercida até nas relações humanas. Na história maravilhosa de seus vínculos com a editora, costumava me contar que sempre batalhara sozinho, ou quase, contra todos ou contra quase todos. Depois que ele morreu, entendi, graças a diversas fontes, que na verdade meu avô o ajudara muito e que, antes de mais nada, fora dele a ideia de que Jérôme se tornasse editor. E me pareceu que se tratava de uma profissão tão rara, quando não é herdada, achei que era uma ideia tão inventiva, apoiada num conhecimento tão verdadeiro de meu pai, que fiquei emocionado com a carga de amor que aquilo representava da parte do meu avô. Acreditando nas histórias do meu pai, que, hoje penso com tristeza, serviam também para moderar minha ligação com meu avô – como se houvesse algum risco de ela sobrepujar a que eu tinha com meu pai –, sempre mantive certa reserva para com meu avô, ressentido por ele não ter apoiado mais meu pai quando ele precisara. E então descubro que sim, que meu avô apoiara meu pai, e agora ele já tinha morrido havia mais de dez anos eu não podia mais modular meu afeto.

"Nunca conheci alguém tão inteligente nem tão generoso: não pode ser um acaso": de vez em quando, há anos, sonho acordado com uma história romanesca que tivesse essa frase como abertura. Imagino um adolescente ou um jovem imerso na amargura, na cadeia ou sob acompanhamento dos serviços de assistência social, que conhecesse um homem que tivesse ido conversar com o grupo de delinquentes ou crianças abandonadas ao qual ele pertence, e que produzisse sobre ele um efeito tão intenso que o jovem saísse do encontro com essa descoberta expressa numas poucas palavras, descoberta que transforma a vida dele, afastando-o do ressentimento, construindo para ele uma nova existência, mais serena, como um *remake* menos dramático da aventura de monsenhor Myriel e Jean Valjean. Na fantasia, imagino que sou eu o instrumento dessa bondade ativa até que, algumas décadas depois dos fatos, percebo que na verdade sou o beneficiado, e que foi isso que Michel significou para mim.

Meu pai amava e respeitava Samuel Beckett, companheiro de sua vida adulta, como não amou e respeitou nenhuma outra pessoa. No dia em que me contou que Sam tinha morrido, notícia que deveria ficar em segredo até o enterro, no momento em que ele me levava até a porta, depois de almoçarmos, apresentei-lhe minhas condolências tão simplesmente quanto pude e, com seu sorriso triste, ele me respondeu, evocando Michel, que eu sabia o que se sente numa situação daquelas. Sabendo a que ponto Sam e a relação dos dois, que, talvez, fosse o que ele teve de melhor, eram importantes para ele, fiquei comovido com sua generosidade. Em retribuição, respondi que, no meu caso, a amizade só durara seis anos (a deles, em torno de quarenta), sem estar convencido, porém, de que ter desfrutado dessa felicidade durante toda a sua existência fosse pior do que tê-la visto interromper-se prematuramente. Ele sorriu outra vez, em silêncio.

Uma década depois, conversávamos sobre um assunto completamente diferente, problemas novos que surgiam no trabalho dele, e meu pai disse: "O tempo era um aliado, mas se tornou um inimigo". "O tempo, que a tudo preside, forneceu a solução, independentemente de você", é a frase que Robbe-Grillet atribui a Sófocles na epígrafe de *Les Gommes*, livro tão importante na carreira do "Senhor Diretor", que era como Alain chamava meu pai quando eu era criança. E ampliei o sentido de sua frase para além do âmbito profissional de meu pai, que, fato que eu ignorava, já não tinha mais que um mês de vida.

Uma tarde em que eu fora visitar meu pai e conversava com ele, que estava perfeitamente consciente, mas deitado no que seria, algumas semanas depois, seu leito de morte, em determinado momento ele me disse que não ficasse ali com ele, que fosse cuidar das minhas coisas. Discordei, argumentando que não me custava nada estar ali, pelo contrário, que estava feliz. Ele abriu seu famoso sorriso tímido, que sempre ostentava ao receber um elogio ou uma delicadeza, interrompendo-me abruptamente. "Porque eu te amo", insisti mesmo assim e, nem bem pronunciei essas palavras, fiquei feliz. Minha mãe e minha irmã estavam por perto e ouviram aquela frase, que devem ter considerado oportuna, pois vieram as duas dizer "Eu te amo" a ele. Uma manifestação desse tipo, sejam quais forem as circunstâncias, não corresponde ao estilo da minha família e, por mais que as palavras tivessem surgido naturalmente, embora fosse a primeira vez que eu as exprimia para aquele destinatário, ao ouvi-las pronunciadas por outros, logo depois das minhas, achei-as despropositadas e constrangedoras, com o resultado de que me retirei do apartamento alguns minutos depois, desmentindo minha declaração anterior. Objetivamente, a atitude de minha mãe e de minha irmã não tinha por que produzir tal efeito, embora tamanho acúmulo de afeto pudesse parecer uma falta de tato de mau agouro, mas bastaria uma pequena dose adicional de refinamento para perceber que minhas próprias palavras já induziam esse risco. Por outro lado, eu não tinha a menor pretensão de amar mais meu pai do que minha mãe e minha irmã – diferentemente, sim, eu que nessa época convivia com ele infinitamente menos do que elas – e não acredito que o mal-estar tenha resultado de ciúme. E contudo, o mal-estar estava ali.

Sem dúvida, havia deselegância de minha parte. Meu pai deixara uma carta póstuma para cada um de nós, e minha irmã me entregou a minha na noite em que ele morreu. Meu pai me escrevera, quase cinco anos antes: "Alguns dias antes de meu pai morrer, eu estava sozinho com ele em seu quarto no Ambroise-Paré e tive vontade de lhe agradecer por tudo o que me dera desde que vim ao mundo. Eu sempre soube que o que havia de menos mau em mim, devia às pessoas que me criaram e educaram e às que tive a sorte de conhecer depois. E é claro que minha gratidão se dirigia, acima de tudo, ao meu pai. Apesar disso, eu nada disse. Sem dúvida temia que, ao abordar pela primeira vez um assunto tão íntimo, pudesse dar a impressão de estar querendo remediar as coisas logo antes do instante de sua morte, instante que talvez ele não soubesse – mas eu achava que sabia – que estava tão perto. Fiquei em silêncio e, depois, não me arrependi: de que lhe serviriam meus agradecimentos na hora de partir? Mesmo assim, foi pensando nessa confissão não feita que tive vontade de lhe escrever, meu filho, antes de ser tarde demais. Quando você ler esta carta, eu, por minha vez, já não estarei aqui, mas você ainda terá muitos anos de vida. Assim, a gratidão que não achei necessário demonstrar ao meu pai, acho que devo entregá-la a você".

Ainda hoje meus olhos se enchem de lágrimas ao copiar essas linhas. Eu nada dissera, algumas semanas antes, que ele já não soubesse, assim como, apesar de sua reserva e da minha tendência a achar que todo mundo me detesta, nunca tive a menor sensação de não receber afeto de meu pai, sentia-me seguro quanto à existência desse afeto. Ao dizer a ele "Eu te amo", tinha simplesmente repetido uma cena familiar que se mantinha de geração em geração, só que com menos delicadeza do que ele. Também fico emocionado por Sam e Michel assombrarem estas linhas, Sam porque era uma daquelas pessoas "que tive a sorte de conhecer depois", Michel porque as palavras de meu pai são tão convincentes que posso tomá-las para mim – todas as palavras, já que eu, não tendo filhos, tenho ainda assim a alegria de poder legar minha gratidão a alguém. Se estou nesta situação favorável, foi porque conheci Michel, que criou um desvio em meu caminho. A seu modo, também ele me deu a vida. Será que, à cabeceira de meu pai moribundo, eu não estaria buscando "remediar as coisas"? E não com ele, mas com Michel, mesmo supondo que Michel tivesse ouvido as coisas que deixei de lhe dizer. Será que meu mal-estar não resultaria do fato de que, ao dizer "Eu te amo" para o meu pai, minha mãe e minha irmã me davam a sensação de estar se intrometendo em minha relação com Michel, que para elas não significava nada? Que aberração me levara a sentir aquilo? Eu poderia nunca ter conhecido Michel, nunca ter posto os pés em seu apartamento, e, com todo o amor familiar que me cercava, sinto pena da vida que eu teria tido.

Faz algum tempo o refrão de "À la claire fontaine"[2] não me sai da cabeça: "Faz tanto tempo que eu te amo, nunca vou te esquecer". Às vezes ele ecoa em mim com um tom que me aterroriza. É possível entoá-lo como se aludisse a uma dívida a saldar: "Faz tempo demais que eu te amo, minha vingança será eterna. Tempo demais que você me mantém prisioneiro, não importa como, nem com que armas. Não importa se é recíproco, se é uma felicidade: faz tempo demais". A sempiterna dupla amor-ódio. Eu, que normalmente encaro o tempo como um elemento importante nas relações afetivas, até parece que agora o vejo como um possível inimigo. Eu, que gosto tanto de prolongar o amor, de instalar sua brutalidade na doçura e suas angústias na serenidade. Quando o amor dura, ainda é amor? No momento em que finalmente se tornou o que há de melhor neste mundo?

Faz tempo demais que quero escrever um livro sobre Michel, sobre nosso amor e suas ramificações eternas, para não assumir aquele refrão como uma coisa pessoal. É claro que nunca vou esquecê-lo e que sempre vou esquecê-lo, já que a magia só se concentra em alguns instantes, reminiscências, e que só eu alimento nossa relação.

Tenho vontade de homenageá-lo, mas como fazer isso por intermédio de um livro? Ele, a quem seus próprios livros

2 "Junto à clara fonte", canção infantil tradicional francesa. [N. T.]

prestam mil vezes mais homenagem do que outras pessoas seriam capazes de fazer? Ele mudou a vida de muita gente, mas eu o sei baseado em fatos concretos, de um modo especial. Um homem está aqui, na minha vida, há tanto tempo, um homem que é mais do que um homem – que é um desses homens de quem queremos mostrar-nos dignos. Um homem tão fora do comum que não pode servir de exemplo, um homem que amei e que amo e que morreu, um homem que pode servir de amor – de que serve o amor? Um homem com um apartamento magnífico.

Eu tinha vinte e três anos e ele me educou. Deveríamos sempre esperar que os pais já não estivessem ali para educar os filhos, que estes fossem crescidos o bastante para saber o que desejam – e esse *handicap* de ofício sobrecarrega toda relação com pais que amam o filho desde sempre, que sempre o tiveram à disposição. Michel me ensinou com uma discrição tão absoluta que eu nem me dava conta daquilo que aprendia. A ser feliz, vivo. E me ensinou a gratidão.

Nunca teria amado tanto Michel se ele não tivesse aquele magnífico apartamento. Como acreditar no que é, sem dúvida, a verdade?

Quando meu pai sobreviveu a uma grave cirurgia, minha mãe me dissera: "Sou grata a ele por não ter morrido", e eu relatara essa passagem a Michel, que achara bonito. Será que o recrimino por ter morrido? Esse é o único defeito que encontro nele, mas é um defeito considerável.

"Faz tanto tempo que você me ama, você nunca vai me esquecer": basta inverter a frase para apreender seu potencial agressivo. Esqueci mil momentos com ele, mas há mil outros de que me lembro, e ele, é claro que nunca o esquecerei, ele que me ensinou até mesmo a morte, o luto irremediável, que a ensinou sem querer fazê-lo. Não serei grato a ele por isso: a esse ponto não vou. Ele me ensinava a vida, não havia por que ensinar-me a morte. Eu ainda não completara trinta anos, mas tinha certeza de que ele ainda enriqueceria indefinidamente minha existência. Foi uma imensa sorte tê-lo conhecido, mas sorte maior era conhecê-lo.

Falar de esquecimento é falar de amor. A pergunta "Você se lembrou de mim?" é sempre comovente. Me comovo quando amar não tem o sentido absoluto de uma relação amorosa, que se ame sem que a sexualidade e a exclusividade participem, quando Barbara[3] canta que "há pessoas que amo em Göttingen, em Göttingen", ou Jacques Brel: "Meu pai dizia: 'O vento do Norte me tornará capitão de um quebra-lágrimas para aqueles que amo'". O que terá sido preciso esquecer para que os mortos não tenham um ar fora de moda, mesmo que tenham desaparecido há um quarto de século? Será que as lembranças, quando reunidas num texto, vivem uma nova vida, como esses personagens de romance que teriam fugido de seu criador para levar uma existência independente?

A última frase da carta póstuma do meu pai é: "Só espero que quando chegar a hora eu sinta que não lhe causei nenhum grande dano, o que me dará o direito de lhe pedir, com um beijo, que me esqueça".

3 Barbara: cantora e compositora francesa (1930-97). [N. T.]

ENCONTROS

"Nós", não sei se essa palavra circula fora das famílias. Conhecer alguém é uma proeza. Não sei como atrelar à minha vida os seres que não fazem parte dela. A não-função cria o não-órgão, é como se eu não desejasse nem mesmo a necessidade dela. Não tenho nenhum lugar no mundo, e então, tal como o espírito combativo do meu pai, essa evidência se aplica a todos os elementos da minha vida: sou o único que deseja ter amigos, o único que deseja fazer amor: não há possibilidade de sentimento recíproco. Sou o único que acredita que cada relação seria uma conquista, uma ocupação operada sobre um inimigo, que é preciso arrancar um consentimento do outro pela força ou com habilidade, comprometimento com o real. Não tenho nenhuma estratégia, nenhum manual de guerrilha social para aprender como me desvencilhar dessa selva, então renuncio, deixando o assunto por conta de um acaso que tomo cuidado para não provocar. Para minha felicidade e minha desgraça, adoro ler, a solidão é uma amiga que me liberta do castigo de ter de buscar outras.

1

De repente, depois de uma adolescência interminável e desastrosa, encontro um ser humano. Tudo começa com uma garota. Eu a convido para ir ao meu quarto na casa dos meus pais, onde ainda moro, e ela se surpreende por eu ser tão explícito. Tenho consciência dessa brutalidade, que é a única maneira que encontro de não ficar anestesiado pela reserva, pela delicadeza. Surpresa, ela aceita. Muito depressa, estou apaixonado e sei que é uma escolha, claro, já que o amor é uma estratégia. Entregamo-nos de corpo e alma, aprendemos a confiar. São tantas as travas que me tolhem, e de tantos tipos, que a paixão é a única arma que me resta. Só a explosão pode resolver as coisas, a dispersão das peças do quebra-cabeça de meus preconceitos e minhas outras defesas. Aferro-me a isso. Foram tantos os livros que li durante minha adolescência infernal, assisti a tantos filmes, escutei tantas canções, que acabei tendo uma ideia do amor. Valérie é bonita, simpática, inteligente – apresentável aos meus pais... como não seria desejável? Minha paixão encontra um objeto aceitável passando ao alcance do coração e eu me jogo de cabeça.

Tudo estaria muito bem se não fosse por ela ter abertamente amantes eventuais, situação que contradiz as histórias de amor clássicas. Tenho vergonha de sofrer e de criar caso por causa disso; a partir desse princípio, também sou partidário da multiplicação dos prazeres, mas é a própria definição de amor que distancia a teoria da prática. Até hoje, é como se a vida me escorresse entre as mãos, como se ela fosse apenas um mau momento a passar, como se, usando de prudência, cautela e inércia fosse viável mantê-la à distância para chegar são e salvo ao momento em que não será mais preciso escolher, em que não será preciso escolher – e nem viver. Forma radical de paranoia: a vida é uma inimiga com quem posso, contudo, negociar, contanto que não lhe peça nada. Não se mexe em brasa dormida, então, se eu ficar bem quietinho, imóvel, nada, absolutamente nada vai acontecer comigo. Mas como saber se a chama viva não é preferível à brasa dormida? Impossível afastar essa questão por meio de um ato de vontade, ela fica pendente. Eis que o amor abre o apetite, a juventude é uma chama que não se abate.

Certa noite, a caminho do apartamentinho de Valérie, sou abordado por um adolescente que me pergunta as horas. No tempo que levo para responder, sou cercado por outros quatro ou cinco rapazes que agora querem meu dinheiro. Eles não são loucos, é uma rua sossegada, não há ninguém que eu possa chamar para me socorrer. Talvez o indicado naquele momento tivesse sido gritar, um ato de resistência que, ao alertar os moradores da rua vazia, pudesse espantar meus agressores. Dou o dinheiro. Um dos rapazes pede o relógio. É uma relíquia de família que prezo muito, trato de negociar.

– Não, o relógio não – digo.

Estou a ponto de dizer que foi justamente porque tive a gentileza de parar para informar as horas que agora estou nessa situação, e que seria uma amarga ironia ainda ter de pagar a cortesia com meu adorado relógio. De repente, minha indignação sobrepuja o medo.

– Já está bom – diz um dos rapazes, não para mim, mas para seus cúmplices, e os agressores somem na bicicleta motorizada, não tanto por terem se convencido com minha argumentação, que nem puderam ouvir até o fim, mas por estarem também eles assustados, mais adolescentes que profissionais.

Retomo o caminho, subo as escadas com o coração disparado, conto o motivo de minha agitação à minha namorada, que percebeu na hora minha palidez. É uma crueldade a mais, que o fato tenha ocorrido quando eu ia para a casa dela, como se houvesse bons motivos para eu ficar sozinho em casa, como se o adolescente idiota, dia e noite trancado lendo, tivesse avaliado corretamente os prós e contras. Não tenho ideia de onde estou, me sinto perdido, sou o último dos últimos, não moralmente, mas concretamente. Em seguida, porém, me sinto felicíssimo por estar ali, mais feliz impossível. Valérie sabe me deixar bem e compreendo que ela não me vê como um sujeito perdido, uma espécie de vagabundo mental, um louco social sem futuro, que é exatamente o que receio ser desde minha adolescência, fantasia que, com a agressão de há pouco, adquire enigmaticamente aos meus olhos uma verossimilhança suplementar, um aspecto que não tem mais nada de fantasmagórico.

– Você é diferente dos outros – me diz, segura, experiente, aquela garota mais jovem que eu e que conhece tantos rapazes. – Ninguém sabe o que vai fazer da vida. Você sabe, quer escrever.

Eu não fazia ideia desse privilégio – para poder me imaginar invejado, teria de ser mais feliz. Como explicar a minha namorada que, por mais futuro escritor que eu possa ser, espero outra coisa da vida além de livros?

* * *

Me ofereço para acompanhar Valérie a uma sessão de um filme muito comentado ultimamente, sobre uma mulher que sofre um estupro e precisa suportar todo tipo de sequelas do fato. A obra tem servido de gatilho para as pessoas tomarem consciência da amplitude de um problema subvalorizado.

– Não – ela diz. – O filme vai deixar você excitado.

Não insisto. Não sei identificar em meu comportamento sexual o que leva minha namorada a pensar isso. Porém ela não está errada.

Eu não iria assistir de bom grado a um filme sobre o racismo ou sobre crianças espancadas. O estupro promete maior satisfação. Quando adolescente, fui para uma colônia de férias de esportes de inverno e, um dia, num quarto com mais quatro garotos, brincamos de inventar apelidos para cada um de nós. Tinha um que era o Obcex, diminutivo de "Obcecado Sexual", porque ele não parava de falar das garotas e do que queria fazer com elas. Para o apelido colar, precisava do voto da maioria dos presentes, inclusive do garoto envolvido. Foi o caso desse garoto. Quando chegou a minha vez, o Obcex propôs Grobcex, abreviação de "Grande Obcecado Sexual", apelido surpreendente, tanto mais que ninguém poderia me acusar ou felicitar por falar muito sobre as garotas e seus usos. Outro garoto discordou na hora e votou contra. Eu, porém, concordei. "Sendo assim, vou mudar meu voto", disse o que achava que tinha tomado minha defesa ao se opor. Quanto a mim, ainda era virgem, condição que me mareava como uma nota ruim na escola, uma ignorância culposa. Considerava um ganho ser associado ao sexo, mesmo que fosse como obsessão, mesmo que fosse como grande obsessão. Melhor do que nada.

Algo dessa mesma ordem de coisas se passa com o estupro. Nunca estuprei ninguém e sem dúvida não gostaria de fazê-lo nem de tê-lo feito. No entanto, não tenho nada contra o ato como fantasia. Às vezes, ao fazer amor, imagino-o, reforçado pelo consentimento evidente de meus parceiros, que é o verdadeiro limite, aquele que facilita a criação de minhas ficções. Tenho a impressão de que seria incapaz de estuprar quem quer que fosse de verdade, acho que o sangue fugiria de meu sexo ao menor gesto adverso a mim, à menor desaprovação manifestada mais ou menos tacitamente durante o coito, numa grande mistura de impotência física e psicológica. Basta dizer que geralmente me sinto tolhido com meus parceiros na primeira vez – e isso ocorre com todos os novos parceiros –, em que me preocupo em não avançar quando o outro não quer; na segunda vez, porém, quando já recebi um aval e portanto estou com o espírito mais livre, o encanto da novidade absoluta em parte se esmaeceu, de modo que parece inacessível, como um requinte exagerado, uma defloração tranquila, se é que é essa a denominação de toda primeira vez. O estupro me atiça o espírito, mas não o corpo.

Um filme representa o ideal: eu disporia de novas imagens de estupro, mais concretas do que as que invento, mesmo que não me sirvam com precisão e que o ato continue sendo fictício. A psicologia não tem nada a ver com isso.

Gosto do tom de Valérie ao recusar minha companhia para ir ao cinema; não é agressivo, mas de simples constatação. Quanto a ela, seu interesse pelo estupro não se deve a excitação, e ela simplesmente prefere não assistir ao filme ao lado de alguém cujas motivações são diferentes demais das suas, assim como não se recomenda ver um jogo de futebol com uma pessoa que torce pelo outro time.

Valérie gosta mais ou menos do filme; depois da sessão, saímos para jantar. Em seguida, vamos para a casa dela e fazemos amor. Não considero necessário alterar o que me passa pela cabeça nos momentos mais especiais; pelo contrário, tenho a sensação de ter recebido a quitação de minha narrativa interior. Não me pergunto o que minha parceira percebeu, seguro do sigilo de meu cérebro, embora a recusa de Valérie em partilhar comigo a sessão de cinema demonstre que ela percebeu alguma coisa do que se passa nele, tal como os drogados que ficam uma hora no banheiro se picando, convencidos de estar bem escondidos, quando todo mundo sabe o que estão fazendo: acreditar no segredo basta para constituí-lo.

– Foi ótimo – digo, só para dizer alguma coisa depois que gozamos.

– Foi – responde ela. – Está vendo? Não se preocupe.

2

Encontro os amantes de Valérie com um preconceito favorável: se ela considera esses rapazes dignos de serem seus parceiros, é porque certamente merecem. Marc, o ex-namorado dela, vira meu amigo íntimo. Uma noite, acontece de dormirmos juntos. A coisa dá suficientemente certo para que, uns dias depois, eu queira renovar o prazer. Marc se esquiva. Dois meses mais tarde, porém, é ele que se apresenta para dormir na minha casa sem ter sido convidado. Digo que não. Me irrita ele achar que meu desejo é permanente e se sinta no direito de ter um assim tão volátil. Continuamos amigos, sem que eu tenha necessariamente compreendido na ocasião o significado de minha recusa; ninguém mais falou em sexo, e está bem assim.

Um rapaz exatamente da minha idade goza de posição especial no círculo de amigos de Valérie por ter tido uma relação apaixonada com Michel Foucault. Essa intimidade com alguém tão respeitado criou em mim, inicialmente, certa indisposição com Thierry, eu que conhecia tantos autores famosos sem nunca ter estabelecido intimidade comparável com nenhum deles, mas assim que o encontrei, pouco depois de conhecer Valérie, fiquei mexido com sua beleza, os cabelos longos caindo sobre os ombros bem como eu gosto, e fiquei desolado por não passarmos a noite juntos. "Ele não entendeu que você queria", me disse Valérie na manhã seguinte, depois de colher informações para me consolar.

Thierry faz parte de um grupo revolucionário e, ao contrário dos rapazes da turma e de mim mesmo, não foi dispensado do serviço militar e nem se esforçou para isso. A instrução de seu grupo era aproveitar o serviço militar para fazer proselitismo entre os jovens. Nem bem ele foi convocado, seu grupo mudou de estratégia e recomendou a dispensa. A mudança não incomodou Thierry, que, na falta de revolução, faz amor durante o serviço militar com grande diversidade quanto aos parceiros e encontra mil satisfações nesse período. Quando nos reencontramos, está de cabelo curto, sem que isso diminua sua beleza nem meu desejo. Dessa vez, está a par de minhas expectativas. O assunto se concretiza e dura bastante. Valérie, por sua vez, parece apaixonada por outro rapaz, de modo que as coisas seguem tão bem entre nós que continuo me beneficiando de sua generosidade sexual.

Tal como o resto da turma de Valérie, Thierry é uma antivítima que transforma tudo o que lhe acontece em benefício, nem que seja fingido. Certa vez, digo a ele: "Seria muito melhor se Deus existisse, pelo menos a gente poderia se queixar", e ele me responde, rindo, que aquela frase só poderia ter sido pronunciada por um judeu. Thierry vem de uma família católica muito rígida, praticante e tudo, do

16º arrondissement, e sua homossexualidade militante provoca tantos dramas que Marc se diverte questionando-a, na suposição de que a inconformidade dos pais é a parte preponderante de sua preferência. Como não quer receber dinheiro da família, Thierry trabalha à noite como auxiliar de enfermagem no hospital Hôtel-Dieu, além de estudar japonês. Com frequência vou esperá-lo por volta de meia-noite, uma hora, para em seguida passarmos a noite juntos no estúdio de Thierry, independente embora ligado ao apartamento de Michel Foucault, que o empresta a ele. Thierry sempre tem histórias mirabolantes, que conta com humor, cujo grau de veracidade sou incapaz de determinar.

– Você sabe qual é a primeira coisa que as vítimas de acidentes em estradas dizem ao sair do coma?

– Não – respondo.

E ele, apoiado em sua experiência hospitalar, supostamente uma garantia:

– Mas eu vinha da direita![1]

Me identifico. Para mim, também, a pessoa ter direito a alguma coisa, ter razão, são noções vitais. Sou um acidentado da justiça.

Descubro uma justificativa lógica para meu interesse por pessoas do mesmo sexo, ainda que essa lógica só faça sentido para mim, o que já basta, pois também sou o único a desejar uma explicação: tenho inveja da sensação que Va-

1 Referência às normas de trânsito francesas, em que quem vem da direita sempre tem razão. [N. T.]

lérie experimenta ao receber o jato de esperma dentro dela, o calorzinho que deve sentir, já que ela toma pílula e não tenho motivo algum para usar camisinha. Não há outra maneira de conhecer eu também esse pequeno gêiser efêmero e pessoal. Na verdade, nem dá certo, pois o esperma que recebo não funciona do mesmo jeito, mas não importa, existem outros prazeres e outras posições. Eu, que sempre tive medo de não ser bom o bastante, que sempre imagino ser necessário passar no teste, transfiro essas angústias aos parceiros que encontro. Eles merecem? Procurá-los não traz nenhum risco, quase nem se trata de uma escolha, seu valor já foi reconhecido por Valérie, cuja qualidade conheço. Não há, portanto, vergonha alguma no fato de eles se tornarem meus amantes, e tudo fica surpreendentemente simples. Se as relações com garotas eram tão complexas, sem dúvida é simplesmente porque elas não me interessam. O fato de meus parceiros agora serem rapazes é de uma originalidade que me convém, a homossexualidade tem certa elegância. Azar da coitada da minha adolescência, que talvez tivesse se beneficiado de mais banalidade, mas agora ela ficou para trás. Chegou o tempo da liberdade, dos acasos felizes e fecundos, avanço por uma bela via temporal. Parece que afinal terei direito à juventude.

* * *

Batem à porta. As pancadas são cada vez mais fortes, mas só acabamos de acordar com o barulho da campainha. São duas horas da manhã. Estou deitado com Thierry no estúdio emprestado por Michel Foucault, a gente adormece facilmente depois de fazer amor.

– É o Gérard – diz uma voz atrás da porta.

Thierry se levanta nu, e abre.

Já encontrei Gérard uma vez, por acaso, e é o único amante de Valérie que conheço que não me agradou muito. Por outro lado, sei que a relação dele com Thierry data de muitos anos e é de uma intimidade apaixonada, uma dessas paixões de adolescência de que só tive informação por meio de minhas leituras. Achava que Gérard estava dando a volta ao mundo de carona, numa viagem que duraria meses e meses, e é uma surpresa vê-lo ali, ainda mais àquela hora. Na verdade, aquele rapaz alto – deve medir quase dois metros – acaba de chegar do Afeganistão depois de mais de um ano na área em companhia de Jean-Marie, o irmão mais velho de Thierry, nessa irmandade de seis rapazes. Sem saber onde encontrar Thierry, ele simplesmente foi ao estúdio assim que pôde, para ver se ele estava lá. Quanto à hora, não tem por que se desculpar, pois Thierry manifestamente está tão feliz em revê-lo que é evidente que nenhuma infração foi cometida. E os dois falam e falam, transbordando de alegria, sem se importar comigo, a quem o duplo estatuto de amante de Valérie e depois de Thierry fornece um bilhete de entrada na turma. Também não me incomodo, apesar de ter tido a noite perturbada. Aquilo altera meus hábitos, o que nunca é bom, mas talvez viver passe por aí. Por mais que sejamos prudentes, a existência também é feita de imponderáveis.

É a primeira vez que durmo assim a três numa cama, mas adormeço, deixando os outros dois conversar. Levanto mais cedo para ir trabalhar (por contatos familiares, consegui um estágio no *Nouvel Observateur*), depois de termos marcado um encontro em minha casa na terça-feira seguinte, nós três mais Valérie, para assistir na televisão a um filme que Gérard recomenda.

Na terça, nem Valérie nem Thierry comparecem ao encontro. Estou sozinho em casa com Gérard sem sentir-me intimidado, ter dormido nus na mesma cama deve contribuir para isso. De repente ele enfia a mão na cueca e desprende um esparadrapo de onde recolhe um material – ópio trazido do Afeganistão. Nunca provei nenhuma droga. Não entendo nada do assunto, partilho do pânico generalizado diante de seu uso, por menor que seja. Normalmente eu fugiria no instante mesmo em que me sentisse ameaçado por qualquer entorpecente que pusesse em risco meu equilíbrio adquirido com tanto esforço. Para minha própria surpresa, porém, aceito de bom grado. Gérard me explica que o ideal, quando se dispõe do cachimbo adequado, é fumar o ópio, mas que, na ausência de cachimbo, ele pode ser engolido com um copo d'água. É preciso rolar a droga entre os dedos, que ficam manchados, até ela se transformar numa bolinha consistente que a água empurrará sem dificuldades caso a pessoa não contraia a garganta no primeiro gole. Funciona. Nunca senti esse gosto até hoje, um amargo que combina com a consistência, o ópio só se parece mesmo com o ópio. Essa droga pesada é de uma suavidade inesperada e passamos uma noite maravilhosa na sensualidade dos corpos e das emoções, dos risos. Deixo Gérard às três horas da tarde, deslumbrado. Nem sequer vimos o filme. A partir de agora, nunca mais recusarei a menor migalha de ópio.

Também não quero perder a menor migalha de Gérard. Fazemos amor na magnificência do ópio, e esses momentos incríveis também têm uma especificidade radical. É como se a sensualidade fosse um mundo para o qual podemos simplesmente deslizar, onde vivemos independentemente de nosso desejo, bastando seguir o declive de nosso estado. É algo que não se reproduz. Depois de constatar que a interrupção não provoca nenhum dano, Gérard, cujo forte não é a homossexualidade, me diz que receou que a relação que começava tão bem sofresse um desequilíbrio físico. Não. Misteriosamente, meu amor por Gérard não tem muito a ver com a sexualidade. É por isso, imagino, que se chama amizade. Nunca passei por isso, uma paixão de adolescência ocorrer com um acréscimo de dez anos de maturidade e de imaturidade.

Gérard me deixa ópio, que tomo com outro amante: noite memorável. Ele também me conta do Afeganistão, os altos e baixos vividos com o irmão de Thierry durante a viagem, e a volta, ambos trazendo ópio, e o pacto que fizeram quanto à divisão do que arrecadassem com a venda. Gérard deu tudo de presente, Jean-Marie vendeu tudo e, apesar disso, divide com Gérard o que ganhou, sem reclamar. Eu temia que as relações humanas fossem mesquinhas, e o fato também abre um novo mundo para mim. Parece que a burguesia não é universal.

* * *

A cama de Thierry, por si só, se revela um local de encontros. Às vezes, pela manhã, ele vai até o apartamento contíguo ao estúdio e ligado a ele por uma porta de comunicação invisível para quem está no apartamento – tem-se a impressão de que é apenas a porta de um armário –, e volta anunciando que o café da manhã está servido para três, ao lado. Compartilhar tempo com Michel Foucault é uma dádiva, ainda mais que sua presença é de uma bonomia tranquila em relação à qual nem me ocorre surpreender-me, quando eu já começava a desconfiar que Thierry não queria que eu participasse da amizade dos dois. Para ajudar Thierry a ganhar algum dinheiro, Michel redigiu com ele, anonimamente de sua parte, um livro de conversas sobre a juventude, sobre o que significa ter vinte anos hoje. E acho graça em fazer para o *Nouvel Observateur* uma entrevista com Thierry acerca desse texto, considerando o fato mais lúdico que imoral, eu que sei quem é o interlocutor de Thierry. Michel lê a entrevista e sugere diversas correções, que aceito com entusiasmo. Quando mostro a matéria a minha chefe, ela aprova com condescendência, identificando nela todas as ingenuidades de nossa idade. Isso também me diverte, não acredito no jornalismo.

Thierry e eu temos a mesma idade durante quase dois dias e o hábito recente de comemorar nossos aniversários tomando café da manhã juntos no dia seguinte do de um e na véspera do do outro. Quando ele chega para me buscar no jornal, Michel está junto e nos convida para jantar no restaurante, depois nos leva ao vernissage de uma exposição no Beaubourg. Num dos corredores da exposição,

Thierry, que se antecipou um pouco a nós, volta contando que o rapaz charmoso logo à frente, acompanhado de uma garota, acaba de reconhecer Michel e de falar dele para a namorada. A garota só disse: "Quem é esse Michel Foucault?", conta Thierry achando graça. "Uma analfabeta", diz Michel, com aquela sua boa risada até hoje viva em mim. E, curiosamente à vontade, tenho a sensação de estar me alfabetizando em alta velocidade, de começar a desenredar a confusão das sensações.

Nos tornamos amigos. Numa noite em que vou jantar na casa dele com Gérard e Marc, Michel sugere que eu lhe dê um beijo. A proposta me desestabiliza. Por alguma razão misteriosa, acho corajoso recusar com apenas uma palavra, mantendo a língua bem protegida, mais corajoso que me desmanchar em lágrimas ou manifestar uma completa incompreensão, que é contudo a sensação dominante. Ainda uma vez, sou apanhado de surpresa. Thierry viveu com Michel, o que haveria de estranho no fato de eu dormir com ele ou, pelo menos, trocar alguns beijos? A ideia nunca me ocorreu e só isso já é um argumento contra tal intercâmbio, como se de repente toda proposta, inclusive sentimental, sexual, exigisse de mim um tempo de reflexão para pensar com a cabeça fria. Não tenho a menor pretensão de me igualar a Thierry em sua liberdade espontânea, ainda preciso calcular as coisas de um modo ou de outro, proteger-me com algumas regras.

Logo que saímos do apartamento de Michel, volto ao episódio, conjurando-o por intermédio de um orgulho que reivindico. Me gabo de não ter recorrido a meias palavras, da transparência de meu "Não", acho que é um sinal de honestidade da minha parte, mas ao mesmo tempo percebo que algo me escapa, me atinge, algo me fere. Não fosse isso, qual seria a necessidade de voltar ao assunto?

– Você estava ridículo – diz Gérard.

Na hora me convenço, ainda mais que Gérard nunca me critica e que Marc não abre a boca. Na mesma hora a vergonha me invade, de todo o coração eu tomaria Michel entre os braços, me entregaria ao seu abraço. Mas o momento passou.

Como no domingo em que faço fila com Gérard numa boa confeitaria e a mulher à nossa frente se dirige à vendedora de maneira tão estranha que esta responde que não admite que lhe falem naquele tom. A mulher vai embora furiosa e me posiciono, comentando com Gérard minha satisfação em ver uma atitude que parece grosseira punida daquele jeito.

– Era uma senhora que estava feliz porque ia comer seus docinhos no domingo e que agora não vai mais comê-los – responde ele, simplesmente.

Eu deveria frequentar mais o campo do prazer.

* * *

Um bailarino japonês que dança nu se apresenta na casa de Michel; Thierry e eu estamos entre os convidados. A nudez do bailarino é um atrativo à parte, bem como receber um convite de verdade para ir ao apartamento de Michel, pelo proprietário em pessoa, ainda não estou habituado a isso. É um encanto a mais. Há semanas Michel me fala de Hervé, rapaz da minha idade de quem li, depois de ouvir falar nele, textos surpreendentes no *Le Monde*, e ele também estará presente. A bênção de Michel elimina o terror desse encontro arranjado oculto atrás de outra coisa.

Somos dez assistindo ao espetáculo, todos homens-feitos, com exceção de Thierry, Hervé e eu, que somos bem mais jovens. O espetáculo nipônico não se estende muito, depois o bailarino nu desaparece já vestido. Vários convidados comentam a apresentação sem que haja polêmica, enquanto eu me calo por não ter o que dizer, tão ignorante em matéria de dança quanto em matéria de Japão.

– Mas ele não estava realmente nu – diz alguém, de repente.

De fato, o bailarino não retirou um recatado estojo peniano. E todo mundo se diverte com a constatação menos artística, rindo por, finalmente, chegar às questões importantes.

A seguir, todos conversam em seus cantos, a não ser Hervé, que fica ostensivamente sozinho. Considerando o lugar, a presença de Michel, confio em ser recebido com cortesia e ouso abordá-lo, escolhendo as palavras: "De castigo, Hervé Guibert?". Em pouco tempo já estamos inteiramente à vontade. Hervé sorri e em cinco minutos de conversa, nem bem lhe faço o convite, convencido que estou da qualidade de seus textos pela que têm seus artigos e pelo lobby feito por Michel, diz que enviará alguns para a coluna literária que edito. Imagino ter sido beneficiado pelo mesmo procedimento junto a Hervé, pois não fosse isso a coisa não teria funcionado tão bem. Ainda alguns minutos e Thierry e eu, que temos outro jantar, e Hervé, que prefere não ficar no meio de tantas pessoas, nos retiramos prematuramente da reunião. Mas não perdi meu tempo: estou apaixonado. Preciso ao menos disso para renovar minhas forças.

A literatura me excita. Hervé publicou um livro que leio com paixão, sem deixar, contudo – querendo ser útil –, de manifestar minhas reticências em meio aos elogios. Adoro os textos que ele manda para a revista. Não há dúvida de que ele está à altura, sinto-me à vontade para dizer o que penso. No que diz respeito a sexo, a coisa empaca. Sorte que essa amizade é um amor. Flertamos, até que uma noite Hervé, embora apaixonado por outro, finalmente aceita ir até minha casa. Pouco antes de chegarmos, muda terminantemente de ideia e me faz passar a noite sozinho. Fico magoado, mas pego uma gripe, e quando Hervé me telefona estou com trinta e nove de febre, nem penso em censurá-lo e até lhe conto as complicações em que me meti com meu amante do momento, sendo a principal delas não estar mais apaixonado. Desaparecidas instantaneamente as eventuais chateações do sexo, inventamos outra intimidade. Homossexuais sem parceiros fixos que somos, nosso modo de vida nos aproxima e a partir daí passamos juntos um sem-número de noites, perambulando pelos bares depois de jantar, um aprendendo a conhecer o desejo do outro: quem o interessa e como ele faz para obter o que quer. De minha parte, sempre procuro o cara mais bonito, enquanto Hervé, tão bonito ele próprio, diz que se sente atraído por pessoas de aparência menos sexy, cujas cantadas mesmo assim rechaça quando acontece de o procurarem, e invariavelmente volta para casa sozinho das nossas noitadas juntos. Rimos muitíssimo, o que é sempre fundamental em meu relacionamento com os outros, mas para Hervé é uma novidade que nos aproxima ainda mais.

Uma noite, sou convocado com urgência para um jantar. Hervé convidou para ir a sua casa Michel e Daniel, o amigo de Michel que, embora mais moço do que ele, ainda assim é de longe um adulto, não se compara conosco. É a primeira vez que Hervé recebe amigos em seu estúdio e, de repente, ansioso com a perspectiva, me pede que vá também. Tudo se encaixa: por coincidência, marquei de jantar com Thierry, que será um reforço extra. Estamos um pouco tensos, tão orgulhosos da amizade de Michel que temos medo de cometer algum erro. Thierry está atrasado, pois participa da criação do *Gai Pied*, uma revista homossexual cujo nome foi sugerido por Michel, e está atarefado com o lançamento do primeiro número. Chega trazendo o tesouro que ainda não foi visto por ninguém. Graças a ele, há no jornal um texto de Michel, obviamente anunciado na primeira página. "Mas esse título não está bom", diz Michel, sem conseguir ocultar completamente sua reação ao ver a capa. Ninguém sabe onde se enfiar, o mal-estar perdura a noite inteira, embora Michel tenha voltado atrás com tato assim que percebeu o efeito negativo de sua frase. Foi o primeiro e último jantar na casa de Hervé. Na manhã seguinte, quando falamos por telefone, ele menciona o fracasso para que eu o console, mas, angustiado demais ontem para perceber sua estratégia de hoje, reforço o que ele diz, sem a menor sensibilidade, e ele zomba de mim. E acho graça porque acho graça nele, porque acho graça em nossa relação como ele também acha, porque, desde Valérie, depois da travessia solitária da adolescência, sou milagrosamente carregado com toda a naturalidade por um interminável *maelström* de afeições.

3

– Está sentindo alguma coisa? – pergunta Gérard.

– Não, talvez um cheirinho de café – digo, fungando para perceber melhor. – Espero lá fora – acrescento, saindo da loja.

Estamos passando uma semana de férias em Nova York, onde Gérard tem uma amiga, Immy, que nos forneceu o LSD que tomamos há quarenta e cinco minutos. A pergunta se referia aos efeitos da droga que engoli confiante, mas na verdade sem entender nada, é a minha primeira vez e não sei o que acontece. Quando Gérard me encontra uns minutos depois, estou estendido na calçada da Broadway e as pessoas param para me perguntar se está tudo bem. Surpreendo-me com a atitude delas de falar comigo, então respondo *yes* com um enorme sorriso. O dia inteiro é um milagre, uma explosão mental e afetiva que me enaltece. Tomamos um táxi para ir ao encontro de Immy no Central Park como combinado, na altura da 72th Street, mas não conseguimos dar o endereço ao motorista, "sixty douze", "seventy deux", "sixty twelve", nos confundimos com os números, rimos, e depois rimos de nossas risadas. Mesmo assim conseguimos chegar ao lugar combinado – antes dela, como logo percebemos –, e procuramos um canto onde sentar confortavelmente. Mal escolhemos um lugar na grama onde nos instalar, resolvemos sair dali porque a grama está mais verde e mais densa ali perto, para onde nos mudamos, mas assim que trocamos de lugar o novo local deixa de ser satisfatório porque mais adiante é ainda melhor, e continuamos nossa migração perpétua até perceber que nosso ângulo de visão é que produz a diferença, a grama é igual em toda parte.

Immy nos leva para um apartamento equipado com um suntuoso banheiro. Nos instalamos os dois numa das pontas da enorme banheira e abrimos a torneira buscando a temperatura ideal. Esse processo é outro que não tem fim porque a água está quente demais e acrescentamos água fria, está fria demais e acrescentamos água quente, está perfeita, mas logo fica fria pela perda de calor e por termos nos acostumado. Rimos perdidamente, conforto ainda maior que o que a água e sua temperatura são capazes de oferecer. Buscamos um equilíbrio ideal, é isso que o ácido pede.

O apartamento de Michel é, milagrosamente, a concretização desse ideal. Sabemos disso porque lá o ácido se perpetua. Devido a seu espaço e a sua disposição, é o lugar sonhado para esse tipo de prazer. Tomamos mil cuidados. Gérard me contou várias histórias, o risco de que tudo desmorone, de que a situação se torne tão terrível quanto pode ser maravilhosa, e fica bastante claro que se um de nós desistir de tomar a droga no último instante, ninguém o censurará por isso. Somos quatro, Marc, Gérard, Michel e eu, e nenhum desiste. Quando o ácido começa a fazer efeito – é preciso cerca de uma hora para que os resultados se mostrem com alguma intensidade –, todos comentam, salvo eu, que não entendo do assunto, só percebendo as modificações depois que elas já avançaram tanto que toda resistência se torna impossível. Há um recanto no apartamento, ao lado do toca-discos e ao longo de uma grande janela envidraçada, onde nos instalamos em quatro poltronas e almofadas ouvindo as primeiras sinfonias de Mahler. Essa música tem um lado música de parque de diversões que, associado a sua qualidade, combina à perfeição com a violência e a delicadeza desses momentos paradisíacos. Nada mais pedagógico do que o LSD para tornar alguém melômano, vivemos intensamente a música. Quando o efeito do ácido começa a passar, é menos prazeroso, ao recuperar a velha consciência ficamos um pouco irritados, a dois dedos da melancolia. Mas nós quatro ficamos encantados com mais essa intimidade.

Preparamos melhor a sessão seguinte. Gérard conseguiu um pouco de ópio para amenizar o desconforto do fim do efeito do LSD. Além disso, nós dois alugamos um projetor, uma tela e dois filmes, um para o ácido, outro para o ópio, que levamos para o apartamento. Somos o mesmo quarteto da vez anterior, de novo sou o último a ter a sensação de decolar, também agora ouvimos Mahler. Em seguida passamos aos filmes dos Irmãos Marx. O único erro que cometemos foi não ter instalado a tela e, sobretudo, o projetor e a primeira bobina antes da projeção, que ocorre na outra ponta do apartamento, no estúdio onde morou Thierry. Valendo-se de seu senso prático, Marc tenta resolver o problema, mas leva um tempo enorme e rimos sem parar, pouco capacitados, no estado em que estamos, para lidar com esse tipo de providência técnica. Depois do filme, que é um sucesso, jogamos pega-varetas sentados no carpete da sala. É muito difícil jogar o que quer que seja durante uma onda de ácido porque nunca se tem certeza de estar seguindo as regras nem de aplicá-las corretamente, será mesmo possível confiar nesses olhos alucinados? As gargalhadas e o rigor nunca se combinaram tão bem. Quando chega minha vez de jogar, faço um esforço tremendo, jogar bem me parece uma prova moral à qual, longe de querer me furtar, fico feliz em me submeter. Daí meu espanto, quando acho que estou jogando muito bem, e Michel me diz: "Agora chega", com o apoio manifesto de Gérard e Marc. Parece que há um tempão as varetas se mexem para todos os lados sem que eu me dê conta. Mas o que significa um tempão quando as distorções temporais se associam às visuais? Um segundo depois, estamos às gargalhadas como uns drogados.

A ideia do ópio é genial. No fim do ácido, não precisamos mais suportar um tipo de energia com a qual não sabemos lidar – ainda mais que o LSD é tão esgotante que dormiríamos na certa se não estivéssemos tão tensos; em vez disso, penetramos pouco a pouco numa suavidade desconhecida: a extraordinária atividade mental dos últimos instantes se transforma numa serenidade inesperada. Somos um homossexual quinquagenário e três rapazes, dois dos quais heterossexuais. Nada pesa, nem mesmo sobre mim. Porém o filme preferido de Gérard, a que assistimos durante esse primeiro ópio pós-ácido, é *Cidadão Kane*, especialmente perturbador, especialmente adaptado às circunstâncias. Depois da projeção, converso no salão com Michel, que tece loas ao velho amigo de Orson Welles interpretado por Joseph Cotten e, para dar uma de sabido e encarnar o cínico em quem ninguém passa a perna, apesar da emoção, digo que o personagem, com sua moral inatacável, tem um lado irritante, como se, tal como de hábito, eu desconfiasse da virtude, ao passo que na verdade naquele momento eu a adoro, achando que uma vida bela é uma vida tal como a encarnada por Joseph Cotten. Em seguida, temo que haja um mal-entendido diante de Michel, desvalorizando minha imagem, imagem essa que acabo de inventar de cabo a rabo. Mas perder a cabeça, achar outra, recuperar a antiga, tudo, enfim, nos convém. Tampouco nosso respeito por Michel aparece como um inconveniente. O mero fato de compartilhar o ácido é uma relação de caráter superior, inacessível à maioria das pessoas. Michel está sempre em forma, desse ponto de vista a droga não tem nenhum efeito sobre ele.

4

"Você, que decidiu não se casar nunca", meu pai me diz no meio de uma frase enquanto conversamos sobre coisas genéricas em sua sala na Minuit. Uma conversa desse tipo é coisa rara, porque nossas timidezes se somam e porque meu pai geralmente não para de falar, discorrendo com talento sobre um ou outro assunto, mas atento para que os aspectos pessoais interfiram o mínimo possível em nossa relação. Ele é um mestre da conversa, é sempre capaz de tirar leite de pedra da menor frase que o deixemos pronunciar.

Não emendo o que ele diz sobre meu celibato anunciado, que contudo não me convence, pois tenho o sentimento de não ter tomado nenhuma decisão, inclusive cito suas palavras à noite para Michel, quando vou jantar na casa deste, para manifestar a independência que sinto ter adquirido em relação ao meu pai, isto é, no caso, que não tenho dificuldade para perceber o caráter inexato de sua declaração. Para minha surpresa, Michel desenvolve o raciocínio dele, fazendo-me entender que minha não-decisão é uma decisão, que aqueles que se casam organizam muito cedo um plano de vida condizente, e admito sem discutir que nunca me imaginei tendo filhos, por exemplo. Do mesmo modo, não decidi que não iria trabalhar com meu pai na editora porque isso me parecia uma evidência familiar havia muitos e muitos anos – aliás, sou responsável por uma revista editada lá e passo minhas tardes de domingo na editora lendo os textos enviados e escrevendo as respostas. Simplesmente, já que existe essa rede à qual eu sempre poderia recorrer em caso de fracasso, já que sempre estará em tempo, resolvi pelo menos tentar outro trabalho, descobrir um pouquinho do mundo lá fora e das pessoas que o habitam, feito um agoráfobo trancado em seu quarto que tentasse, num dia de muita coragem e tempo aberto, fazer uma excursão até a porta de casa. Não sei nada, não compreendo nada do que se passa comigo, e ainda hoje estou repleto desse embrutecimento esquizofrênico.

Não tenho a priori nenhum respeito pela profissão de jornalista, que estou tentando seguir ao fazer um estágio sem prazo definido no *Nouvel Observateur*. Meu pai manifesta tanto desprezo pela imprensa quanto pela edição que não corresponde à que ele mesmo pratica, de modo que não tive como não me contaminar. Não me passa pela cabeça que tal hostilidade aparente possa ser uma estratégia, um avatar de sua inclinação permanente pela competição. Já meu desprezo é real. Quando começo a trabalhar no *Nouvel Observateur*, fico surpreso ao ter de lidar com seres humanos, gente com seus defeitos, é claro, mas também com suas qualidades não menos evidentes. Para mim, no entanto, o mundo real ainda é um mundo ideal, o mundo da literatura – é, contudo, a contragosto que me transmuto num outro, só porque a vida exige que isso aconteça. Certo dia no jornal, querem localizar Marguerite Duras porque ela acaba de passar por uma situação delicada e creem que seria importante contar com seu comentário em primeira mão. Sugerem que eu lhe telefone. Estamos em plena reunião no escritório do diretor, há muita gente na sala e eu nunca havia me manifestado ali. Respondo, como um cretino que não percebeu que era precisamente esse o motivo do pedido, que Marguerite Duras acaba de passar por uma situação delicada, que certamente não vai querer falar sobre o assunto, que se o fizesse seria só porque era eu que estava telefonando e que, sendo assim, acrescentei num raciocínio incompreensível, não seria correto telefonar para ela. "Esses escrúpulos são louváveis", diz Jean Daniel, fazendo rir os presentes com a lógica de sua observação. Resolvo então telefonar para Marguerite Duras, mas transmito a solicitação de maneira tal, apresentando-a, bem ou mal, como ridícula, e a mim mesmo como envergonhado de ser seu mensageiro, a tal ponto antecipando sua recusa, que ela não tem outra escolha senão recusar. Eu nunca teria me perdoado, e nem meu pai, por misturar tão grosseiramente imprensa e literatura.

Inserir-me no jornal é uma tarefa vital, mas a verdade é que se meu pai não a tivesse mencionado eu nunca teria imaginado esse trabalho nem nenhum outro. Seja como for, pretendo escrever, mesmo sabendo melhor do que ninguém que não se ganha dinheiro nessa profissão e que nenhum escritor pode se apoiar nela. Tenho tanta certeza de ser inteligente demais para algumas coisas e imbecil demais para outras, que não há lugar para mim em parte alguma a menos que eu consiga enganar os que me cercam. Por outro lado, estou tão acostumado a me entediar que toda atividade me diverte, o que me torna um colega mais agradável.

No papel de crítico de cinema, tenho necessariamente o sentimento de que minha opinião sobre os filmes que vejo tem seu peso, e ao mesmo tempo não me iludo quanto aos meus talentos. Como Michel e Hervé também são convidados com frequência para as projeções, e como cada um pode levar um acompanhante, às vezes chegamos em grupo e Michel, às vezes, aponta para mim e diz ao assessor de imprensa boquiaberto, que o identifica imediatamente, que o grupo inteiro está comigo. Inversamente, também já me interpelou, estando do outro lado da sala, para me perguntar, com todos os presentes ouvindo, se eu não achava chato ser crítico, já que gosto tão pouco de ir ao cinema, e a cena também me alegra. Um dia, Hervé e eu assistimos juntos a um filme italiano que considero a pior coisa do mundo, mas que Hervé adora. Michel também vai vê-lo com Hervé e depois me conta que estava predisposto a gostar do filme, mas que muito rapidamente começou a detestá-lo e que, no fim, quando tentou fazer algum comentário favorável, Hervé o interrompeu secamente dizendo ter detestado a obra desde o primeiro instante nessa segunda vez em que assiste a ela. E rimos dessa farândola de opiniões, tão variadas quanto as sobremesas de um restaurante onde costumo jantar com Hervé e de onde saímos tão empanturrados que imaginamos só conseguir voltar para casa rolando, e para mim dá no mesmo que não tenham levado em conta a minha, até acho graça, como se ela fosse independente de mim, como se não tivesse a menor influência sobre mim nem sobre o afeto que os outros têm por mim. É tranquilizador.

Graças a sua profissão e a seu modo de exercê-la, meu pai atribui muita importância a suas próprias opiniões e fica feliz quando os outros também as acham importantes, senão mais ainda do que ele acha, eu em primeiro lugar. Uma noite em que falo a Michel de minha admiração por Boileau e sua maldade, ele me responde que não o aprecia, sobretudo, segundo entendi, pela maneira como a posteridade corroborou seus julgamentos, como se afinal de contas ele tivesse sido a vanguarda da correção literária. Durante um festival de cinema em Hyères, aonde vou como enviado do jornal, uma escritora que conheço pouco, pois publica por outra editora, vem me dizer, ao saber quem é meu pai, que ele é o homem mais prudente que ela conhece. Quanto a mim, costumo considerá-lo o mais corajoso, mas ela o diz sem nenhuma conotação negativa e me convenço de que as duas opiniões não se contradizem. À força de me expor a pessoas de fora da família, minha adoração por meu pai e toda a simbologia cultural ligada a ela se chocam, de repente, com a realidade.

RUE DE VAUGIRARD

1

Retrospectivamente, é inacreditável: quando Michel me anuncia que passará dois meses fora de Paris no verão e me pergunta se quero ficar em seu apartamento durante esse tempo – e apresenta a proposta como sendo uma ajuda minha, as plantas da varanda precisam ser regadas todos os dias –, aceito sem pestanejar. No entanto, novidades desse tipo não fazem meu gênero. Tenho a impressão de que o apartamento já vive em mim. Ele é dos mais espaçosos, dos mais luxuosos, não há melhor. Morar ali é morar na própria juventude.

Consiste numa sala imensa, de mais de dez metros de comprimento, bordejada em toda a sua extensão por uma varanda envidraçada que lhe proporciona muita luminosidade, pois fica no oitavo andar, sem nada em frente. Na ponta desse enorme espaço está o recanto Mahler, com as poltronas onde, nos dias de ácido, nos enrolamos em cobertas para construir o que chamamos de nosso ninho, a tal ponto o lugar lembra esse tipo de conforto familiar. Ao lado, sem divisória, fica a sala propriamente dita, com o sofá na frente da estante de livros e algumas poltronas igualmente confortáveis no lado oposto, do outro lado da mesa de centro, e resta ainda muito espaço até a vidraça, pois a largura também é de monta. Há uma pilastra perto do sofá, onde estão penduradas três fotos de Daniel, o companheiro de Michel, rindo, feliz, fotos de amor, como se diz de algumas canções, de alegria contagiante. A sala prossegue na direção do que também é a continuação da estante, atulhada de livros: uma espécie de escritório que pode ser isolado caso se puxe uma divisória móvel, mas que está sempre aberto. Michel trabalhava ali sempre que emprestava o estúdio: agora que o recuperou, seu verdadeiro espaço de trabalho é o estúdio, e o escritório foi devolvido aos assuntos do cotidiano, papéis de banco e a correspondência geral. Depois vem o que um desavisado julgaria ser um armário, no limite do apartamento. Na verdade, por trás dessa passagem mais ou menos secreta há uma superfície vazia de menos de um metro quadrado que dá para outra porta que se abre para o estúdio com banheiro – bem ao final do qual fica a cama onde dormi com Thierry e onde conheci Gérard, também ela isolável por uma porta dupla que ocupa toda a largura do aposento. Um terraço largo acompanha toda a extensão da vidraça; esse terraço, fazendo um ângulo de noventa graus, acompanha a sala inteira e vai até o meio do estúdio, iluminado à noite pelas luzes do centro de triagem dos correios, situado bem em frente. O único problema, que só ocorre quando Michel está no apartamento, é que, vindo do estúdio, não é possível pedir licença para entrar batendo à porta divisória camuflada que dá para a sala, pois ela é forrada e não produz nenhum ruído, e há o risco de ser indiscreto. O apartamento é grande o bastante para abrigar toda uma família e claramente não tem essa configuração – e esse é o maior dos luxos.

Graças a um processo misterioso que tem a graça de um passe de mágica, estamos instantaneamente em casa. Porque, com toda a naturalidade, me mudo para o apartamento com Gérard, já que Michel não incluiu nenhuma cláusula restritiva em sua proposta: eu que ficasse na rue de Vaugirard como quisesse, com quem quisesse. Na minha cabeça, sempre vivi sozinho, embora minha existência na casa dos meus pais represente a imensa maioria da minha vida e o apartamento em que cresci seja em minha opinião o arquétipo do apartamento burguês, mais ou menos parecido com os dos pais dos meus amigos de infância e tão diferente deste. Instalar-me com Gérard seria apenas um parêntese em minha solidão ontológica.

Nós, tão tímidos, tão selvagens, achamos que o apartamento é perfeito para viver a dois: um pode ficar no estúdio e o outro no quarto de Michel, situado em recuo na outra ponta, na mesma latitude dos banheiros principais e da cozinha, paralelamente ao começo da sala, entre o recanto Mahler e o espaço-sofá.

Marc trabalha logo ao lado, Hervé mora em frente, podemos conversar da varanda se levanto a voz e ele está de janela aberta. Tornamo-nos solitários vivendo em grupo, pois logo temos a sensação de que bem mais de dois moram no apartamento, morar significa tantas coisas, já ocupávamos o local, por causa dos ácidos, antes de ter recebido a chave. Acontece muitas vezes, quando revejo velhos amigos, de ouvi-los exclamar, emocionados: "Ah, a rue de Vaugirard!", como se também para eles o lugar evocasse os instantes mais memoráveis de suas vidas, embora eu já não me lembre bem em que circunstâncias passaram por lá.

Sempre que encontra um tempo livre, Marc nos faz uma visitinha; num sábado, depois do almoço, chega com uma amante e ela se oferece para nos levar a uma piscina situada no alto de um prédio a três ruas de onde estamos, à qual tem acesso porque uma amiga sua mora lá. Faz muito calor e aceitamos de bom grado. É mais um desses constantes pequenos acontecimentos que ocorrem conosco desde que viemos morar aqui. Até eu, nesse ambiente, sinto que minha infernal prudência se ameniza: normalmente essa visita à casa de desconhecidos seria uma verdadeira aventura. Não faria sentido algum morar neste apartamento se fosse para rechaçar seus efeitos.

Somos os únicos a usar a piscina, com exceção de um adolescente entediado que vem conversar conosco. É um inglês de quinze anos que veio passar as férias aqui porque seus pais fizeram um intercâmbio de apartamentos, mas ele não fala nem uma palavra de francês e não conhece ninguém em Paris. É muito simpático, logo em seguida dá mostras de gostar de nossa companhia e, solidários com uma situação que nos lembra nossa própria adolescência, perguntamos se ele quer tomar alguma coisa com a gente.

Ele aceita entusiasmado. Claro, precisa pedir a autorização dos pais. Vamos os cinco falar com os pais, aproveitando o fato de Marc estar com uma garota, pois achamos que a presença de uma garota tem um efeito mais tranquilizador para os pais, que poderiam se preocupar com três rapazes sozinhos. Eles não manifestam a menor reticência. De tanto ficar enfiados no apartamento, não conhecemos os bares do bairro e preferimos ir com Anthony direto para casa.

Imediatamente, ele se encanta com o apartamento, também deve sentir que ali paira algo de Michel – mesmo que fosse idêntico, o apartamento não seria o mesmo se não fosse o dele; todos entendemos que o espaço não basta para lhe conferir esse caráter excepcional. Anthony vai embora depois de um bom tempo conosco e pergunta se podemos ir buscá-lo no dia seguinte, se não for problema para nós.

É o que fazemos, e no dia seguinte também, sempre uma delegação de quatro pessoas, os três rapazes e uma amante de Marc, diferente a cada dia, pois a presença de uma garota nos parece uma vantagem, independentemente do fato de ela nunca ser a mesma. Os pais não parecem sentir a menor desconfiança, entregando-nos o filho com o que consideramos uma desenvoltura que nos alegra pelo adolescente, pelo fato de ela ser tão oportuna, de participar do que a situação tem de divertido, como se tudo o que se relaciona ao apartamento da rue de Vaugirard trouxesse necessariamente um certificado de coisa natural e fácil. Na terceira noite, ao se despedir, Anthony, sempre bem-educado, nos pede para voltar no dia seguinte. "Claro". Ele diz que não precisamos ir buscá-lo.

A partir daí, vem todos os dias. Embora não fique para dormir, mora, como nós, no apartamento. Lamentamos o fato de não conhecer rapazes da idade dele para apresentar-lhe. Nossa tarefa agora é fazer com que as suas férias sejam as melhores do mundo.

Levamos nossa vida à vontade, sem que ele nos impeça de fazer nada, simplesmente tratando de fazê-lo participar de tudo. Continuamos tomando ácido, e isso faz parte da aventura comum com Anthony. É claro que não lhe oferecemos; engolimos o comprimido às escondidas quando ele chega cedo e não houve tempo de tomar antes. Mas o aspecto lúdico do LSD, que agora, com a experiência, dominamos corretamente, nos dá uma cumplicidade a mais com ele. A idade não é mais um obstáculo, como já verificamos no sentido inverso com Michel. A sala é grande o bastante para que – como se fosse preciso desfrutar de tudo – um dia nos ocorra jogar *frisbee* no apartamento. São partidas épicas, apaixonadas, em que o riso atrapalha nossa destreza – perdemos jogadas ridiculamente fáceis porque estamos dobrados ao meio rindo, segurando as costelas, e o erro tem uma comicidade suplementar – e com que Anthony parece maravilhado. Para completar, ficamos sempre com medo de que o disco atinja o quadro de Picabia pendurado no recanto Mahler e que por isso protegemos como se fosse uma espécie de forte apache, misturando o jogo de bravura ao jogo de destreza, pega-varetas com western. Temos vinte e cinco anos e, de repente, o sentimento de aparecer aos olhos alheios como adultos não convencionais. Marc, é claro, aparece menos por conta do trabalho, mas Gérard, que vive de bicos e não está trabalhando no momento, e eu, que tenho horários muito flexíveis durante o verão, damos a impressão de ter como única ocupação na vida passar o tempo num apartamento magnífico jogando qualquer coisa, e isso que Anthony nem desconfia que nosso alimento é o LSD. Enquanto nós, se o adolescente não estivesse lá, nem nos daríamos conta do rumo muito especial que toma nossas vidas.

Anthony agora chega cada vez mais cedo, fica até cada vez mais tarde, de vez em quando janta conosco no apartamento e nos ajuda a regar as plantas da varanda, nossa tarefa, depois que o sol de verão se põe. Aliás, as plantas não parecem lá muito bem, mas a horticultura não é nossa especialidade.

Pouco a pouco, ele começa a nos falar das garotas. Sem dúvida, mais intuitivo que seus pais, julga a atitude prudente. Aliás, é com Marc e Gérard que ele se sente mais à vontade nas brincadeiras de luta ou em outras brincadeiras masculinas. Comigo é mais reservado, como se farejasse meu eventual desejo. Conta que ainda é virgem, num tom que nos incita a querer mudar esse seu estado. Pensamos em Valérie, cujos encantos e cuja liberdade nós três conhecemos. Fazia anos que eu não ligava para ela, mas ligo para fazer a proposta, que ela rejeita, o que me escandaliza, de tão sedutor e disposto que é o adolescente (me imagino no esforço de abstrair minha timidez terrível para aproveitar a oportunidade caso Anthony a considerasse como tal, mas claramente ele só quer uma garota). A maneira como foi feito o oferecimento justifica a recusa de uma proposta irrecusável. Divirto-me cuidando do assunto, que me faz rir até que Gérard me faz ver a grosseria dessa animação exagerada na frente de Anthony. Lembro-me da noite, alguns meses depois de conhecer Valérie, em que a irmã dela me falou de forma íntima e simples, dom manifesto da família, evocando um namorado de adolescência que queria de toda maneira fazer amor com ela. "Eu não queria, mas ele ficava insistindo dia após dia, e como, ao mesmo tempo, eu não tinha nada tremendamente contra, uma noite cedi, só para agradá-lo. Mas o que eu não tinha percebido era que, a partir daquele momento, não teria mais razões para recusar. Aquilo levou meses, no fim tive de brigar, mas gostava dele", concluíra ela, rindo, e gostei daquele tom com que ela falava do amor físico, sem maiores dramas. Manifestamente, não consigo adotá-lo.

Gérard tem a ideia de irmos todos ao cinema. Eu nunca me atreveria, mas adoro a vocação que ele tem para aproveitar as coisas boas da vida, é o melhor modo de merecê-las. Como, por ser crítico de cinema, sempre vejo os filmes na pré-estreia e como nos meses de férias as salas costumam ficar quase vazias, sinto-me menos constrangido de perguntar aos assessores de imprensa se posso aparecer com vários convidados. Vai a turma toda. É assim que Anthony entra pela primeira vez na vida numa dessas salas privadas para ver, em versão original, filmes americanos ainda não lançados na Europa, com a vantagem adicional de ser uma sessão particular de cinema onde ele pode reencontrar sua língua no estrangeiro. Como só falamos inglês com ele, e como ele só fala com os pais e conosco, seu francês não tem feito muito progresso. Nós o convidamos para jantar depois do filme e ele parece muito feliz. Nos alegra que suas férias, tão sinistras no começo, tenham virado um êxito. Certamente o que Michel mais deseja é que seu apartamento da rue de Vaugirard beneficie o maior número de pessoas.

Num domingo, Anthony chega às oito e meia da manhã. É bem recebido e, como de hábito, ainda está lá ao meio-dia, quando Gérard e eu saímos para almoçar na casa de nossos pais. Não sabemos o que fazer, o que dizer a ele. Não ousamos mandá-lo embora, então deixamos que fique sozinho no apartamento. Quando voltamos, quase ao mesmo tempo, apressados, um pouco preocupados, ele está terminando de lavar a louça que tinha ficado na pia e o resto do apartamento está brilhando, depois de uma faxina gigantesca. Não sabíamos o que dizer a ele, só pudemos agradecer.

Vivemos muito alegres, porém encaramos o fim do mês de agosto sem temor. O encanto do apartamento também se deve ao fato de ser algo temporário, um endereço de férias ativas que, sempre soubemos, terminariam. Nem sequer lembramos mais a data exata do regresso de Michel. “De todo modo, ele não é bobo de voltar no dia 31 de agosto se não for obrigado”, diz Gérard, fazendo-me rir pela transgressão de um tabu implícito, tanto a inteligência incomum de Michel é uma evidência que, não sabemos exatamente como, faz parte ao mesmo tempo do prazer de sua amizade e do esplendor do apartamento. Por outro lado, também é certo que ele não voltará no dia 1º de setembro, não estando submetido às datas regulares que regem tantas férias.

Deve voltar, então, no dia 2 ou no dia 3, temos a impressão de lembrar-nos. Decidimos fazer uma festa de despedida do apartamento no dia 31 de agosto, convidando todos os que passaram por lá durante o verão. Assim teremos tempo de sobra para arrumar e lavar tudo na manhã de 1º de setembro – e depois dar o fora. Anthony é o primeiro a ser convidado para essa última festa.

Todos se interessam por ele, cuja idade destoa daquela assembleia, e se espantam com sua presença, principalmente depois que o adolescente explica por que está ali. Ninguém tem pais assim, sobre os quais, aliás, Marc, Gérard e eu nunca fazemos perguntas, temendo que a liberdade do filho decorra da indiferença dos pais. Anthony não toca no assunto. Compramos montanhas de comidas frias para beliscar sem ser preciso sair dos recantos confortáveis onde estamos jogados. De repente, a porta se abre: Michel. Sua volta estava mesmo programada para o dia 31 de agosto, seguro que ele estava de que nesse dia não encontraria engarrafamentos na estrada. O tempo de nos abraçarmos basta para que ele se recupere da surpresa e nós do embaraço, e ele se instala no sofá sem que tenhamos maneira de imaginar como será o resto da noite. Fazemos os maiores elogios ao apartamento. De repente, outra vez, por volta de dez horas, tocam de novo a campainha. É Corinne, irmã de Valérie. Ela está passando por uma fase ruim e lhe dissemos que podia aparecer quanto quisesse. Também ela fica surpresa com a quantidade de gente e por Michel estar ali; ele, por sua vez, acha graça na chegada suplementar, como se, apesar das dimensões do apartamento, que exigiriam um enorme número de figurantes para que a cena fosse eficaz, estivéssemos tentando reencenar a famosa *gag* da cabine lotada dos Irmãos Marx. Michel se levanta: "Vou dormir na casa do Daniel", e vai embora numa boa.

No dia 1º de setembro ainda janto a sós com Michel na rue de Vaugirard. Eu e Gérard tínhamos levantado cedinho para usar várias vezes a máquina de lavar, a máquina de secar, muitos lençóis, para passar o aspirador na casa inteira, deixar o apartamento impecável, dessa vez sem nenhuma ajuda de Anthony, e nos retiramos cedo o bastante para que Michel não fosse obrigado a nos encontrar outra vez antes de poder chegar e ficar, enfim, sossegado em casa. Ele me telefonou à tarde para combinar de me ver à noite, e cá estou. Não uso minha chave, toco a campainha. As coisas voltam ao normal. Michel abre a porta com sua risadinha que parece um sorriso tão amplo que precisa crescer ainda mais, e minha expressão não deve ser muito diferente. Ver Michel, ter certeza da sua presença, me deixa decididamente feliz.

Por isso a entrada deste apartamento me parece tão alegre. É um estranho aposento oblongo de um metro por quatro, sem muita iluminação, com um cabide quase invisível ao fundo. O que o torna misterioso é, sem dúvida, o fato de que para sair dele e entrar na sala é preciso transpor uma porta de dimensão pouco usual, ainda mais em se tratando de uma entrada. Da sala, sempre que a porta se abre ou se fecha, como ela sobe até o teto com seus três ou quatro metros de largura, parece uma parede móvel.

Fico sabendo que as plantas morreram, apesar dos nossos cuidados conscienciosos, pois não esquecemos de regá-las uma noite sequer, mesmo quando chegávamos esgotados às três da manhã. Pelo tom de Michel ao me contar, posso me eximir de toda responsabilidade. No momento ele está interessado é em Anthony: quem era aquele garoto. Conto a história a ele, que o apaixona, como se tivesse sido exatamente para isso que nos emprestara o apartamento – as plantas não tinham a menor importância. "Percebi de cara que ele não ficou feliz de me ver", disse ele no fim, no sentido de que Anthony interpretara seu regresso como sua própria exclusão do apartamento (mas de todo modo seus pais o levam de volta para a Inglaterra em breve). Ele deve perceber também como estou contente de rever o legítimo proprietário, apesar de com isso ter de me mudar de lá.

2

No inverno, quando Michel é convidado para dar aulas nos Estados Unidos, reinstalamo-nos no apartamento como se nada tivesse acontecido. Pelo contrário, conforto suplementar, a estação e nossos cuidados precedentes nos liberam da preocupação pouco empolgante de cuidar das plantas da varanda.

Uma tarde, encontro pela primeira vez um rapaz mais novo com quem me correspondo há anos. Ele quer ser escritor e suas cartas me transmitiram uma imagem um pouco rimbaudiana, pois passa o tempo todo indo de um país mais ou menos exótico para outro, neles exercendo diversas atividades para ganhar a vida, como garçom, por exemplo. O encontro físico, suas histórias, perpetuam a simpatia, a atração. Convido-o para tomar alguma coisa à noite no apartamento e ele vai. A simpatia e a atração são cada vez mais evidentes. Ele bebe muito, muitíssimo, o que condiz com seu perfil de jovem aventureiro literário. Eu e Gérard estamos excepcionalmente sóbrios, esta noite não tomamos nem alucinógenos nem tranquilizantes. Falamos bastante e, com a noite já bem avançada, digo ao rapaz que pode ficar para dormir. Pierre-Jean teme a princípio criar um problema com Gérard, sem saber direito qual é nossa relação, mas Gérard desaparece pelo armário da sala, indo dormir na cama do estúdio em sinal de aprovação total e irrestrita, e Pierre-Jean aceita ficar, sem escrúpulos.

Ele começa a tirar a roupa e eu me encarrego de tirar o resto. Deitamo-nos nus e eu, que nunca bebo álcool, tenho rapidamente a sensação de estar embriagado só de me impregnar de seu hálito ao beijá-lo. Mas não tanto quanto ele, que adormece comigo ainda encurvado sobre seu corpo; aparentemente o sono é o maior prazer disponível para Pierre-Jean em sua ebriografia. Fico aturdido com meu desejo nem aceito nem rejeitado, mas ainda assim a noite é agradável. Quando Pierre-Jean deixa o apartamento, e depois Paris e a França, e parte para Londres na manhã seguinte, temos os dois vontade de reencontrar-nos, mesmo sem saber quando.

À tarde, vou com Gérard assistir à projeção de um documentário etnográfico sobre o qual tenho de escrever uma crítica. Depois do ópio, é impossível encontrar morfina, mas conseguimos heroína. Usamos antes de ir ao cinema e é minha primeira vez. A sala de projeção está quase vazia – o filme dura mais de três horas e se destina a um público restrito –, estamos afundados em poltronas macias como camas e sinto com uma leve decalagem temporal a alegria de estar apaixonado: acho difícil manter os olhos abertos mas, pelo que vejo, o filme está em completa sintonia com meu estado, considero-o apaixonante e escrevo uma resenha entusiástica que leva Gérard a zombar de mim – como recomendar um filme que não tive condições de acompanhar atentamente? – e que não considero, contudo, nem um pouco mentirosa. Se não fosse talentosa, a obra não teria me acompanhado tão bem, a mim e às minhas sensações. Como a morfina, a heroína não tem o gosto do ópio, mas tem a sua suavidade. Quando volto ao normal, efeitos dissipados, me angustio um pouco por não poder ir ao encontro de meu amado, que ainda não tem endereço na Inglaterra.

Sobre a mesa de centro da sala há um pacote fechado, com docinhos ou balas. "E se a gente comesse?", diz Gérard. Naturalmente me oponho, um gesto desses vai contra minha noção de educação. "Michel vai ficar muito tempo fora, vai acabar estragando", insiste Gérard, e eu cedo. São biscoitos e estão deliciosos, ainda que uma ponta de peso na consciência prejudique seu sabor. Hervé passa pelo apartamento à noite, vamos jantar fora, e lhe ofereço, rindo, os biscoitos, relembrando um livro juvenil em que um trio de garotos bagunceiros oferece ao seu preceptor um pedaço do bolo que deveriam levar para todo mundo e que acabam devorando inteiro – de modo que, na hora da sobremesa, quando os pais estranham a ausência do bolo, os garotos declaram tê-lo comido "com o senhor abade". Parece-me uma boa política comprometer Hervé, que não quer outra coisa. Os biscoitos não chegam ao fim da noite.

Na manhã seguinte, tenho outro motivo para me preocupar. Acordo me coçando. Cada vez mais. Vou a um médico, que diagnostica, sem sombra de dúvida: sarna. Fico furioso, já tive uma vez e foi infernal livrar-me dela. Da outra vez, fui tomar um banho antissarna no hospital Saint-Louis, onde me reuni a um grupo de uns dez homens e garotos, todos nus numa enorme banheira diante de uma enfermeira que mantinha o profissionalismo diante do espetáculo, em verdade pouco erótico até mesmo para mim, e que pintava nossa pele de amarelo com um rolo embebido num produto que tem como um dos efeitos queimar as partes mais sensíveis, a que a nudez oferece acesso fácil. Não tenho a menor vontade de repetir o procedimento, compro o produto na farmácia e aplico-o eu mesmo, nu sobre o carpete da sala, saltando de um pé para o outro para tentar resistir à sensação de ardência.

Na manhã seguinte, quando Gérard volta de não sei onde, conto a ele o que tenho e lhe digo que também precisa passar o produto. "Mas não é melhor fazer o tratamento ao mesmo tempo, para que seja mais eficaz?", ele pergunta. Esqueci esse detalhe, mas era como deveríamos ter feito. Ficamos os dois em pelo outra vez e recomeço a aplicação, cujo efeito não se faz esperar: o produto é muito forte, e duas aplicações em vinte e quatro horas têm como consequência imediata uma enorme irritação.

Além disso, a luta antissarna tem seus procedimentos e protocolos para tudo. Devem-se lavar os lençóis a uma temperatura alta, depois lavar outra vez, passar DDT em toda parte – é a primeira vez que consideramos o tamanho do apartamento um problema. A única vantagem é que, em vez de aborrecer Gérard com meu amor por Pierre-Jean, posso fazer de conta que minha inquietação amorosa não passa de precaução sanitária: é preciso avisar o garoto pois foi ele, sem dúvida alguma, que nos contagiou. Sinto coceira e, primeiro efeito da irritação, não devo me coçar. Sou a tal ponto inábil para a vida cotidiana que não tive coragem de ligar a máquina de lavar antes que Gérard chegasse, como se sua ajuda me fosse indispensável até para apertar um botão. Mas ele precisa sair para um encontro. "Tenho certeza de que você vai conseguir se virar sozinho", diz ao se retirar.

Bem que eu tento. A máquina de lavar fica na cozinha e até hoje nunca me encarreguei de utilizá-la. Não tenho uma em casa, mas me acho capaz de dominar o dispositivo, cujo uso não se restringe a especialistas. Giro o botão da temperatura para colocar no máximo, como é preciso, e o botão fica na minha mão. Estou sozinho no apartamento, longe do meu novo namorado, nu dos pés à cabeça, coberto de uma loção imunda, queimado, coçando – meu moral está meio baixo. Encontro o número do telefone de atendimento pós-venda da Brandt nas páginas amarelas, telefono para lá, me transferem de um lugar para outro e terminam me dizendo que preciso ir comprar a peça quebrada na fábrica, que fica num lugar inacessível do subúrbio, onde ela vai me custar 98 centavos. Esse custo tão baixo comparado ao imenso inconveniente acrescenta sua dose de desgraça a minha desolação. No entanto, vou até a estação Saint-Lazare, não me equivoco quanto ao trem, não me equivoco quanto ao ônibus na saída da estação, o atendimento ao público ainda não se encerrou quando chego lá, ainda restam botões no estoque e volto, missão cumprida, para a rue de Vaugirard. Narro minha jornada a Gérard, já em casa, na esperança de fazê-lo sentir-se culpado por ter me confiado a tarefa de utilizar a máquina sozinho, como se ele tivesse me abandonado em plena selva, mas só consigo fazê-lo rir, o que para mim está bom também. Sua única penitência é instalar o novo botão e girá-lo ele mesmo, para maior precaução.

Tocam a campainha da porta da frente, mas não estamos esperando ninguém. É Daniel, o amigo de Michel, que não foi para os Estados Unidos com ele, e que não tem alternativa senão perceber a que ponto o apartamento está coberto de DDT, pó branco de mau augúrio, porém não comenta nada, apenas se desculpa pelo incômodo. Mesmo assim, ficamos envergonhados. "Vim só buscar os biscoitos dietéticos que Michel mandou fazer para mim", diz ele.

A rue de Vaugirard é uma bênção e uma maldição. Não há ninguém no mundo com quem queiramos agir com mais correção do que com Michel, esse é o testemunho lógico de todo o afeto e de todo o respeito que lhe devotamos e, inapelavelmente, fazemos o papel de grosseiros. Fico na posição terrível de ter de explicar a situação a Daniel, logo eu, que não queria comer os biscoitos, mas dou conta do recado e no fim de meu pobre relato nenhuma palavra amarga é pronunciada. Ele vai embora sem seus biscoitos. Sozinhos no apartamento, rimos de vergonha.

Certa vez, falando de amigos comuns cujo pai é prêmio Nobel, meu irmão me pergunta em que medida as pessoas que se aproximam dos nossos amigos não estariam, na verdade, querendo se aproximar do pai deles. Dou-me conta, e é nisso, evidentemente, que meu irmão estava interessado, que a questão pode se aplicar a nós, guardadas as devidas proporções. A ideia nunca tinha me ocorrido. Acho tão extraordinário alguém querer ser meu amigo que nunca tive a ideia de ir atrás do motivo. A literatura me excita; quem sabe se as pessoas na mesma situação não se sentem excitadas por mim, por parentesco literário? Conheci Pierre-Jean epistolarmente, por intermédio da revista que edito, passando por seus textos que publiquei ali. Em pouco tempo sua correspondência ficou calorosa, abrindo caminho para o que veio a seguir. Pouco importa o que é que ele gosta em mim, contanto que goste de mim. Pouco antes de ele deixar Paris, contei-lhe, pois acabara de saber, que um cargo administrativo ficara vago na Minuit e que eu poderia intervir para que ele o obtivesse, não seria pior do que trabalhar como garçom e ele estaria em Paris, ambição, em suma, mais minha do que dele. Isso significa que também temos esse assunto pendente. Mas não tenho notícias e sofro obsessivamente. Na estante da sala, deparo com *Fragmentos de um discurso amoroso,* um dos raros livros de Barthes que ainda não li, e o devoro. Vou lendo sem parar, cada um dos minicapítulos: está tudo lá.

Várias semanas depois que meu namorado desapareceu, como estou desesperado e ainda sem notícias, resolvo passar em casa com Marc para buscar roupa limpa e verificar a correspondência, achando que talvez Pierre-Jean não tivesse anotado o endereço do lugar onde dormimos juntos.

Na mosca. Encontro um cartão-postal enviado não de Londres, mas de Sidney, o que não promete um encontro em prazo tão curto, e que termina dizendo: "Eu te amo". Feliz, mostro o cartão a Marc, vaidoso, como se ele fosse uma prova, antes de voltar mais alegre para a rue de Vaugirard.

O amor é excelente como sentimento, mas não é mau como prática, e esta me falta. Começo uma correspondência com Pierre-Jean muito desprovida de ação para o meu gosto: a relação amorosa tem outro encanto quando os namorados se veem – e todo o resto. Uma vez mais me dedico à leitura de *Fragmentos de um discurso amoroso*.

Quando Michel volta, ainda não reencontrei Pierre-Jean. Conto-lhe tudo assim que posso, e ele me escuta com uma atenção incansável, que sensibiliza os apaixonados. Volto ao assunto no jantar seguinte, depois por telefone, regularmente. Pierre-Jean volta à França mas não a Paris, o encontro está complicado, surgem desentendimentos. Não sei o que fazer. Em relação a qualquer coisa, peço conselhos a Michel, que os dá sem onerá-los com obrigações. Não acha que seus conselhos são necessariamente bons, apenas me liberta da responsabilidade de ter agido assim ou assado por minha própria iniciativa. Confio suficientemente nele para aceitar as consequências da minha conduta como fato inelutável e não como resultado de uma tática idiota. Quanto à eficácia, não é possível retirá-la de seus conselhos; além disso, Michel não é o dono da situação.

Na verdade, me apoio nele sem dar-me conta. Nunca teria imaginado manter tamanha intimidade com um homem da idade dele, sobretudo sendo ele. Sou-lhe tão devotado que não tenho dificuldade em supor que Michel o seja também em relação a mim; toda a sua conduta o demonstra: na verdade não suponho, mas interiorizei sem maiores reflexões.

Falando de outro assunto, Michel me conta depois, meio por alto, que, não se sabe como, a máquina de lavar provocou, durante minha estada no apartamento, uma inundação nos vizinhos de baixo.

3

A história com Pierre-Jean vai para o espaço e, como herança, fico com o álcool. A embriaguez retirada do hálito dele, na primeira noite, me educou. No bar que frequento com Hervé, para encontrar a coragem de transformar meu desejo em prazer, para abordar aquele cuja beleza transforma em ser inacessível, bebo, agora, um gim-tônica ou dois, sem contar os exigidos pelo que venha a ocorrer no resto da noite. Uma vez, depois de Hervé gentilmente me deixar sozinho no bar, me aproximo de um rapaz que me agrada enormemente. Percebo que no início ele não está seguro do que quer, mas confio em minha conversa e, de fato, termino levando-o para casa no final da noite. Estranha noite. Tenho a sensação de estar apaixonado e o pressentimento de que não o verei mais. Depois do sexo, faço questão de não dormir para me deleitar com sua presença e sua nudez. Na manhã seguinte, ele parte sem me dar seu telefone. Não consigo mais encontrá-lo e fico desolado.

Se saturei Michel com Pierre-Jean, Valentin vira uma obstinação que tem, ao menos, a vantagem de trazer um contexto mais alegre para a relação do que Pierre-Jean. "É, digamos que ele é mais divertido", me responde Michel, achando graça, quando resolvo lhe explicar a diferença entre meu antigo e meu novo namorado. O ângulo favorece Valentin, mas também essa história não é nada gloriosa. "Afinal, você nunca o viu à luz do dia", me diz Hervé quando o aborreço falando de sua beleza, pois Valentin, que conheci depois de anoitecer, saiu de meu apartamento cedo na manhã seguinte e não me deu mais ocasião de pôr os olhos nele. De vez em quando telefona e não diz quando tornará a ligar, de modo que sempre fico com medo de perder uma aparição telefônica se saio de casa.

Janto a sós com Michel na rue de Vaugirard no dia do meu aniversário. Pelo menos era o que estava previsto, mas pouco a pouco vão saindo de trás das poltronas, do sofá e do falso armário do estúdio Gérard, Hervé, Marc, Didier e Hélie. Hélie é um amigo de infância com quem perdi contato no meio da adolescência mas que reapareceu, Didier é um novo amigo a quem facilitei o encontro com Michel. As surpresas são tão excepcionais em minha tradição familiar que esta me surpreende por completo. Estou emocionado, claro, mas não é o que esperava, mesmo no campo do inesperado. "Era Valentin quem eu queria encontrar hoje", digo a Gérard, que, como se tomasse para si a responsabilidade de não ter podido trazê-lo, responde: "Eu sei, eu também".

Entre o momento em que Michel anuncia que vai viajar, que é agora seu jeito discreto de me emprestar o apartamento, como se fosse uma aberração deixá-lo desocupado por um dia sequer, e o instante em que me mudo, não recebi nenhum telefonema de Valentin, de modo que não posso lhe dar o telefone de onde estarei. A instalação na rue de Vaugirard, nome genérico que designa agora o apartamento e seu modo de vida, é por isso um pouco menos alegre que de costume, porém alegre mesmo assim. Por sorte, um dia em que vou em casa buscar umas coisas, Valentin telefona e volta a telefonar três dias depois para a rue de Vaugirard, e começa a fazê-lo regularmente, ligações intermináveis, na maioria das vezes estou sozinho no apartamento ensolarado, luminoso, grande demais para mim, ligações que prolongo o mais que posso mesmo sem dar muita bandeira, aproveitando o fio interminável do telefone para andar de um lado para outro pela sala ou sentar de pernas cruzadas no carpete. Uma noite, Valentin marca encontro numa estação de metrô. Na hora combinada ele não está lá, e nem uma hora mais tarde, quando finalmente desisto de esperá-lo, decisão que me causa muito sofrimento. Volto para a rue de Vaugirard e conto minha frustração a Gérard, mas ninguém pode fazer nada para me ajudar. Valentin não me liga mais.

Uma manhã, me levanto da cama de Michel pensando no sonho que tive à noite, tão simples em seu teor quanto em sua interpretação: eu fazia amor com Valentin. O despertar é duro. Estou desolado como uma paisagem. Alguma coisa da minha vida me escapa para sempre, nunca antes vi de modo tão concreto como a felicidade é inacessível. Gérard me diz para esquecer Valentin, conselho pouco condizente com sua atitude, mas que ele sustenta com segurança no que diz respeito a sua solução, a fraqueza que seria, de minha parte, não acatá-lo. Tento esquecer. Numa festa, paquero todos os presentes, com um rapaz não dá certo, com uma garota funciona. Levo-a para a rue de Vaugirard. Breve noite. Há anos não passo a noite com uma garota, e não será uma garota que me fará esquecer Valentin, nem uma garota nem ninguém. Só ele mesmo.

A última garota com quem fui para a cama antes dessa foi há muitos anos. A tal garota era uma antiga amante que voltara ao meu estúdio com a intenção de passar a noite e me falara de um amante seu, contando o que ele dissera de mim, numa frase lapidar que concentrava todas as censuras, que eu era gay, drogado e amigo de Michel Foucault. Eu havia repetido a frase para Hervé, sem ousar repeti-la a Michel, mas Hervé se encarregara de transmiti-la em seguida, e Michel adorara, nunca havia desconfiado que pudesse ser, ele mesmo, um vício tão estabelecido quanto a droga e a homossexualidade. Eu, de minha parte, aproveitei para ficar com raiva do cara: porque era como se eu viesse da direita, no trânsito, e por isso tivesse a prioridade – seria um desperdício não me irritar com alguém tendo pleno direito de fazê-lo. E, apesar disso, não consigo me indispor com Valentin, embora essa fosse, evidentemente, a melhor solução, não se trataria simplesmente de estar com a razão, mas de uma providência para não perder a razão.

Depois de Pierre-Jean, Valentin: apaixonado é a minha condição, morando no apartamento que se torna a versão espacial da minha exaltação e do meu desejo de neutralizá-la. De novo, *Fragmentos de um discurso amoroso*: nunca o leio em casa, sempre na rue de Vaugirard. Estou imerso no que Barthes denomina "não-querer-compreender", na necessidade de renunciar de uma vez por todas ao meu amado, não se trata de uma estratégia de indiferença, mas de uma irrefutável e crua realidade. Não consigo fazê-lo. Para mim, é isto: esse orgasmo negativo, que deveríamos chamar de pequena morte, quando precisamos matar à força uma parte de nós.

Sei que ainda sou jovem, mas tenho a nostalgia da juventude. Vejo-a como uma oportunidade, uma ocasião única. Não devo deixá-la escapar.

Um café ou uma casa de encontros: todos os nossos amigos passam por lá quando estão no bairro e quando estamos morando na rue de Vaugirard, é sempre lá que marcamos de nos encontrar antes do jantar. Lá encontramos Richard, o rapaz que mora com Didier e que, ao saber que Gérard precisa muito de dinheiro, lhe propõe um contrato de três meses na Europe Assistance, onde tem um cargo mais ou menos importante. Apesar de seu horror a patrões, tendo em vista a situação, Gérard aceita. No emprego, os temporários precedentes recrutados por Richard não deixam dúvidas quanto as suas preferências, então todos o tomam por homossexual. Ele teme que isso atrapalhe a relação que gostaria de estabelecer com uma garota, mas não. Pelo contrário, Véronique adquire rapidamente uma intimidade com aquele rapaz tão sedutor e que nenhum apetite sexual grosseiro induz a investir sobre ela, de modo que fica toda feliz no dia que descobre que estava enganada e que o apetite sexual recíproco, grosseiro, delicado, passa a ser saciado dia após dia. Os dois vão morar juntos, e quando Gérard e eu uma vez mais recuperamos (começamos a usar esse tom, faz parte do jogo) a rue de Vaugirard, ela se muda conosco.

Quanto a mim, acabo de passar uma noite com um novo rapaz e lhe proponho que volte. Ele aceita e, como uma coisa leva a outra, rapidamente Patrick também se instala na rue de Vaugirard. Desta vez, então, somos dois casais morando lá, e tudo vai bem. Não dei a chave a Patrick, acabamos de nos conhecer num bar, não sei quase nada a seu respeito e estamos no apartamento de Michel; mas Gérard dá, por gentileza comigo, sem dúvida. O rapaz tem vinte anos, mora no subúrbio com a mãe e um gato. Ainda penso em Valentin, estou seduzido, mas não apaixonado. Patrick pergunta se pode trazer seu gato. Para nós dá no mesmo e não temos conhecimento de alguma alergia de Michel, então concordamos. Como os dois simpatizaram um com o outro e como ela tem carro, à noite Véronique vai com Patrick buscar o gato. Gérard e eu estamos sozinhos em casa. Nos divertimos imaginando que Véronique e Patrick na verdade inventaram aquela história para nos enganar, pois queriam simplesmente fugir juntos e agora nunca mais os veremos. Gérard acrescenta que para completar eles nem vão ficar com a consciência pesada, pensando que nós dois nos damos tão bem que para nós será uma alegria ficar de novo sozinhos no apartamento. Uma parte é mentira, outra é verdade, o conjunto é engraçado, de todo modo rimos à beça.

Aos poucos, aperfeiçoamos nosso humor. Uma tarde, tomamos um ácido, nós dois e Marc, só nós três. Estamos sentados à vontade, não muito longe um do outro, mas em ângulos diferentes. Marc fala do pulôver azul que estou vestindo e que acha um azul lindo e cada vez mais escuro, observa ele sob o efeito das alucinações. "É lindo, mais escuro, faça ele ficar mais escuro", diz Marc como se fosse de brincadeira, e de fato é, mas uma brincadeira que nos agrada especialmente por sua mistura eficaz de realidades, levando em conta que o que ele vê é efeito da droga (mas ele vê, mesmo assim), e como se a cor do pulôver, no decorrer dos segundos, dependesse unicamente de minha vontade, como se eu, seu dono, pudesse comandar do fundo do meu cérebro o escuro e o claro reais. Estamos felizes por dominar o ácido a ponto de fazer brincadeiras que lhe sejam próprias, brincadeiras que não fariam o menor sentido em outro estado, e que não obstante derivam do humor, e não do ataque de riso convulsivo.

Gostamos especialmente, no ácido, de usar a mímica – a capacidade de condensar numa única expressão do rosto, ou num só gesto, ou no tom apropriado de uma simples palavra, todo um relato e suas representações morais, que os outros compreendem perfeitamente num instante. Há uma rapidez dotada de uma profundidade cômica, nunca a imaginação é tão bem recompensada. Uma noite, Marc leva Gérard e eu à festa de um amigo. Em pouquíssimo tempo, ficamos entediados. Para piorar, faltam cadeiras e estamos cansados de ficar em pé. Gérard consegue uma cadeira livre no aposento contíguo ao salão, que está meio vazio, e, aliviado, senta-se. Eu o acompanho. Espontaneamente, começamos uma brincadeira que consiste em tirar quem está sentado de sua cadeira para sentar-se nela em seu lugar. A única arma permitida para fazê-lo é uma frase que supostamente contém uma ficção que não deixa nenhuma escapatória ao que está sentado, que é levado a levantar-se por educação e honestidade: "Telefone para o senhor", "O sr. Martin espera-o no escritório", "A mulher e a criança vão bem, o senhor deve estar impaciente para vê-las". E isso dura um tempo incalculável, as frases nos ocorrem incessantemente, cada vez mais extravagantes, afinadas, e passamos nosso tempo sentando e levantando, não estamos mais cansados, mas excitados, e acabamos por dar-nos conta de que o salão agora está deserto e que todos os convidados se juntaram no aposento contíguo, que se tornou o centro da festa, é lá que o pessoal se diverte. E temos a sensação não só de que conseguimos evocar o ácido mesmo estando sóbrios, como se nossa imaginação tivesse adquirido o poder de aproveitar permanentemente da liberdade que às vezes nos é concedida quimicamente, como também de que agora temos o dom de transportar a rue de Vaugirard conosco, de exportá-la para qualquer lugar.

Ela é nosso cotidiano, mesmo que estejamos conscientes de seu caráter extraordinário, é por isso que a aproveitamos como se o apartamento fosse, por si só, uma droga. Com o LSD, a norma, afinal, é tomá-lo lá, na companhia de Michel. Estamos os três no estúdio, onde nos instalamos para assistir aos filmes (Marc passa o fim de semana num festival cultural qualquer com uma namorada). O amadorismo da primeira fase ficou para trás, todos os aparelhos foram instalados previamente e estão funcionando. Escolhemos, de novo, os Irmãos Marx, não pelo gosto da repetição, mas, como no caso de Mahler, porque sentimos que, apesar de nossa alegria, tudo se sustenta por um fio. Trata-se de *Loucos de amor*, o último filme deles. O filme foi lançado, na realidade, bastante tempo depois do anterior. Um leve mal-estar surge imediatamente. Não temos nada contra *Love Happy*, a não ser o fato de que os irmãos estão velhos demais para ser engraçados. Em nosso estado, talvez estejamos prontos para rir de qualquer coisa, mas não rimos desse filme. As piadas não nos atingem, só vemos as rugas dos Irmãos Marx, seu cansaço. O filme é perturbador e, sem dúvida, teria sido mais conveniente para a vazante do ácido e não para seu auge, se é que precisamos de ácido para que o filme se revele aos nossos olhos. Queríamos rir, mas ficamos comovidos, é um mal-entendido. Temos medo de nossas sensações. Para ser franco, não é que estejamos entrando numa *bad trip*, mas estamos perto da linha amarela. Não é a primeira vez que dividimos uma experiência assim desde que começamos a tomar ácido juntos, cada um de nós sempre tem alguns instantes difíceis para administrar no decorrer da tarde, mas é a primeira vez que passamos por isso em conjunto – e resistimos, ficamos firmes, e o que era levemente ruim se transforma em levemente bom. De todo modo, foi por pouco.

A idade de Michel é tema de reflexão. Admiramos sua capacidade de tomar LSD em idade madura porque, a cada vez, o ácido traz uma espécie de questionamento radical que a juventude nos parece estar mais preparada para suportar, admiramos sua coragem. Temos a impressão de que se entupir de LSD é sinal de saúde, tantas pessoas não ousam. Às vezes, durante a viagem, sinto uma compaixão imensa por meu pai, que eu amo, cuja inteligência e cuja felicidade, em minha opinião, o ácido multiplicaria, e sei que, por vontade própria, ele nunca na vida sequer imaginaria engolir um. Para mim, uma das características do ácido, que me afeta de forma desmesurada quando estou sob seu efeito, é sentir tão dolorosamente, como se estivesse ativamente solidário com o resto da humanidade, as desgraças criadas unicamente pelas convenções, os prazeres dos quais consideramos vital privar-nos.

Quando o efeito do LSD chega ao fim, como de hábito, Michel esquenta alguma coisa para comermos. O ácido esgota, é preciso repor as energias. Sentamos os três para comer na mesa da cozinha. Michel move o garfo com rapidez. Tenho a impressão de fazer o mesmo, mas Gérard me diz depois, quando estamos a sós: “É incrível como Michel, que sempre tem uma aparência tão jovem, parece um velho quando come”. Ele nunca diz nada de mal, por isso me convenço. Pergunto-me se também pareço velho, sinto em mim uma velhice ruim, que me refreia, em vez de trazer-me sabedoria.

4

Hélie é um amigo de infância. Praticamente faz parte da família, pois conhece meus pais e eu os dele, conversa à vontade com meu pai, já passou as férias na casa dos meus avós e eu na de sua família. Perdemos o contato na adolescência, quando ele foi fazer o secundário em outro lugar, abandonando a escola onde nos conhecemos e onde eu, espertamente, recebeia notas mais altas do que ele porque a maior parte dos professores devia me achar mais simpático. Lembro-me de um verão em que meu primo lhe disse, irritado, falando de mim: "Mas por que você o imita o tempo todo?", e essa frase me impressionou mais do que a ele. A ideia de ser um modelo do que quer que seja nunca me passa pela cabeça.

Nos reencontramos jovens adultos e é um prazer apresentá-lo aos meus amigos, agora que os tenho. Eles são o que tenho de melhor, quem me conhecer por intermédio deles só poderá ter de mim uma imagem magnífica. Por mais que eu tenha passado a adolescência lendo, Hélie é bem mais culto do que eu de todos os pontos de vista. Parece que ele não somente conviveu com seres humanos durante esse período em que não nos vimos, como leu a maior parte das coisas que li, com o acréscimo de romances de espionagem, policiais ou ficção científica às centenas; gosta tanto de música clássica quanto de variedades francesas – minha especialidade –, rock ou jazz. Quanto à pintura, tem com ela a mesma familiaridade que tenho com a literatura. Adulto, guardou a inteligência, a gentileza e a delicadeza que me encantavam quando era criança.

Por alguma razão que nos escapa, ele implica com Marc, algo a ver com o fato de que Bella, a garota com quem Marc vive uma relação amorosa e com quem tomou o primeiro ácido em Nova York, é amiga de Hélie desde sempre (as famílias eram amigas) e, sem dúvida, ele julga que ela merece melhor partido. É preciso reconhecer que, às vezes, Marc exaspera qualquer um por possuir um tipo de afeto brutal – quando cumprimenta ou se despede de alguém, temos a impressão de que vai quebrar os dentes e os ossos da pessoa, com seus beijos e abraços. Além de brutal, seu afeto é exibicionista, como se fosse uma mãe judia, só que com ele não há razões genéticas que justifiquem a paciência. Mas sua extrema boa índole é real, e ele é um ótimo companheiro. Hélie rapidamente fica amigo de Gérard, Michel também o aprecia e ele passa a frequentar a rue de Vaugirard.

Um dia, nós o iniciamos no ácido, esse que aprofunda tudo o que toca. Ao lado de seus imensos conhecimentos de literatura e artes, Hélie estudou matemática, passando brilhantemente nos concursos mais seletivos, com o que se tornou professor, tendo há pouco deixado seu posto em Reims, que lhe complicava a vida, para trabalhar numa escola particular em Paris. Aos nossos olhos, apesar de suas conquistas, é ele que tem a vida mais pacata de todos nós. É como se fosse mal orientado e, às vezes, nos provoca um certo mal-estar. "Ele é tão delicado que a gente sempre tem medo de ser obsceno, pelo fato de ter intimidade", me diz Bella, observação que me sensibiliza especialmente, visto que minha interminável adolescência, por refinamento ou por pânico, me fez sentir o mesmo temor até o dia em que encontrei Valérie, Marc, Thierry, Gérard, Michel e Hervé.

Numa noite de ácido na rue de Vaugirard, de repente decidimos sair e pegar o metrô. Ainda estamos chapados, mais do que supomos. O vagão está quase deserto. Apesar disso, Véronique se senta de frente para uma senhora e Gérard e eu no banco ao lado. Brincamos de nos dirigir a Véronique como se não a conhecêssemos e de paquerá-la com um vocabulário que não é o nosso, cheio de vulgaridades. Ela nos responde com ar irritado, segundo as regras implícitas de uma situação do tipo. Isso durante várias estações. Quando descemos, Hélie nos passa um sermão, em Gérard e em mim. Deveríamos ter prestado mais atenção, a mulher na frente de Véronique estava aterrorizada, levando tudo a sério. Ficamos chateados por ele não ter nos avisado antes de a situação ficar desagradável. Saber agora já não servia para nada. No apurado senso moral desenvolvido pelo ácido, Hélie permanece um teórico do absoluto, enquanto, com dose indeterminada de sucesso, apenas pretendíamos uma prática relativa.

Vamos fazer uma sessão de ácido a cinco, com Michel e Marc, e Hélie leva seus discos para a rue de Vaugirard. Ele é maníaco, agarra-se tanto a eles que toma vários cuidados ao ouvi-los, só por muita generosidade saiu de casa com eles. Já em outra ocasião, quando estávamos só os três, Marc nos fizera ouvir, em vez de Mahler, Marc-Antoine Charpentier, que adora, e não nos convenceu. A música não se enquadrava e demos um basta antes de aborrecer-nos de verdade. Na ocasião, Hélie levara *La Périchole*, de modo que não havia muita possibilidade de tédio, ainda mais que adoro Offenbach, especialista em me deixar de bom humor. Mas a ópera-cômica não consegue dar conta do aspecto meditativo do LSD, mesmo o virtuosismo parece grosseiro, não cai bem. Ouvimos um lado inteiro antes de pedir uma mudança de programa na hora de colocar o lado B, para grande surpresa de Hélie, que não percebeu nada de errado. Precisamos do apoio neutro de Michel, melômano atilado, para que ele ceda sem responsabilizar nossa incompetência pelo hiato musical.

No dia 31 de dezembro, Michel é convidado para um réveillon e nos propõe tomar um LSD na rue de Vaugirard, onde nos encontrará não muito tarde, antes mesmo da virada do ano. Vamos os quatro para lá, com Hélie e Marc, e fazemos tempo, comendo diversas coisas, até quase meia-noite. Estamos impacientes, pois não temos nada para fazer a não ser tomar aquele ácido, Michel não chega, à uma hora o engolimos. Michel só volta bem mais tarde, quando a viagem começou para valer, e sai de novo para dormir na casa de Daniel, que está com ele. Nunca havíamos tomado um LSD tão tarde, então os efeitos se estendem por toda a noite. Talvez não tenha sido uma boa ideia. Ainda mais que Hélie, que como cinéfilo é tão informado quanto no resto, fez questão de escolher um filme quando lhe contamos desse nosso hábito naquelas circunstâncias. Trata-se de *O mágico de Oz*. Rapidamente, Gérard e eu temos a impressão de que Hélie escolheu o filme por suas qualidades intrínsecas, independentemente de sua adequação à droga. O filme nos perturba, ver as imagens é desagradável, e o abandonamos para nos instalar em outro canto do apartamento, mas sentimos um tédio enorme, é a última coisa que se poderia esperar de um ácido, mas essa é a palavra certa, não a loucura terrível, os desejos suicidas – tédio, apenas tédio. Saímos os dois do apartamento para dar uma volta por Paris, deserta e gélida no amanhecer de 1º de janeiro. Resistimos, mais comovidos com nossa cumplicidade ainda mais evidente por ter sido invocada na solução de um impasse. Hélie não compreende quando voltamos em boa forma, continua elogiando seu filme.

Algumas horas depois, por ser 1º de janeiro, vou almoçar com minha família. Estou esgotado, desnorteado. Durante a refeição, toca o telefone e minha mãe atende, me informa que é para mim. Há séculos ninguém me telefona na casa dos meus pais. É Michel, que encontrou minha carteira esquecida e se apressa em me avisar antes que eu me preocupe. Eu ainda não tinha me dado conta e, depois do almoço, volto à rue de Vaugirard. Ao chegar, estou com vontade de me deitar, por cansaço, por sensualidade. A noite de ácido me deixa desorientado. Um dia, narrando seu encontro com Thierry quando pegava carona e que terminara em sua cama, Michel me disse que Thierry, no momento decisivo, lhe perguntara se o que ele queria realmente era levá-lo para sua casa. E Michel explica que, de fato, cabia a Thierry, isto é, ao jovem, fazer essa pergunta, tomar a iniciativa. No dia 1º de janeiro, se Michel quer fazer amor comigo, estou de acordo. Não é possível que ele não perceba, mas não digo nada, é que também não faço questão, simplesmente toparia. Michel não tenta nada, não diz nada além das frases que tem o dom de encontrar para me reequilibrar. Também a mim dá prazer que ele prefira não dormir comigo.

Hélie convida Michel para jantar conosco em sua casa. Desde o fiasco do jantar organizado por Hervé, bem no início de nossa amizade, ninguém mais se arriscou. Temos a impressão de que, no fundo, Michel se cansa menos nos recebendo do que se deslocando – até quando não tem nada para esquentar na cozinha –, de que é mais sorte para nós sermos seus amigos do que para ele ser nosso, e que não vamos fingir que somos iguais a ele, a não ser na própria relação. Alguns dias antes do jantar, marcado com muita antecedência, Hervé fica sabendo que estará em Munique na data combinada: vai cobrir um festival de teatro para o jornal em que trabalha. Convida-me para ir junto, isto é, para eu tratar de ser enviado por meu próprio jornal, como fazemos em diversas ocasiões quando um de nós tem um deslocamento profissional. Nossos respectivos diretores de redação conhecem nossas motivações e facilitam nossa amizade. Sem dar muita importância ao assunto, informo Michel de nossa dupla ausência. Nessas condições, ele me diz para pedir a Hélie que adie o jantar. Hervé e eu somos os mais próximos dele e é conosco que ele se sente mais à vontade, seu pedido deixa isso bem claro. Devo ter sido desajeitado, não muito incisivo, e Hélie insiste. Recusa-se a trocar o que quer que seja, afinal Michel é o convidado de honra, azar o nosso se não estaremos lá. Fico incomodado, sem graça ao anunciar a Michel o fracasso de minha missão, que os dois julgávamos ser de uma simplicidade infantil.

Didier me conta depois que, na noite do jantar, enquanto Hervé e eu nos divertíamos em Munique, passou na rue de Vaugirard para buscar Michel, os dois pegaram um táxi para ir à casa de Hélie e foram engolidos por um enorme engarrafamento. Havia uma manifestação da polícia contra o ministro da Justiça e Michel, com sua figura conhecida, se viu cercado de policiais coléricos que certamente não eram chegados a ele. Didier acrescenta ainda, satisfeito, visto que Hélie e ele não afinam, que Michel elogiava a gentileza de Hélie entre os dentes, num tom que beirava a irritação.

A morte do pai desestabiliza Hélie. Ele passa um tempo louco na rue de Vaugirard, ou seja, vai comigo quando janto com Michel e até chega frequentemente à tarde, bem antes da hora do jantar, para que Michel o console. Hélie acha isso normal por elegância, dando a entender que ele também faria tudo o que pudesse por Michel, mas sem levar em conta que Michel, se alguma vez nos procurasse em situação difícil, teria provavelmente uma expectativa menor.

Ele nos convida, a Gérard e a mim, para a casa de campo de sua mãe, a cem quilômetros de Paris, onde já passei, criança, finais de semana e férias com ele. Faz dez dias que seu pai morreu e ele propõe tomarmos um ácido juntos, os três. Tentamos dissuadi-lo, dadas as circunstâncias, e não conseguimos – são justamente as circunstâncias que o motivam. Durante a viagem do ácido, naturalmente ele ri menos do que nós. Gérard e eu o deixamos um pouco de lado, certificando-nos regularmente de que tudo corre bem. Entendemos que é uma prova para ele, que ele usa o LSD como um teste. É tão diferente do uso que fazemos que nos compadecemos dele, com a satisfação juvenil de considerar a sorte um mérito, de sentir-se delicadamente superior.

Agora as regras estão estabelecidas: quando Michel está em Paris, fico na minha casa, exceto às vezes no jantar; quando Michel está fora, mesmo que por poucos dias, Gérard e eu nos mudamos no ato para a rue de Vaugirard e a turma toda fica logo sabendo. E rapidamente entramos no ácido. Em mim, o ácido tem um efeito diurético. Durante a onda, vou cinco vezes ao banheiro, que fica no corredor paralelo à sala, atrás da divisória da estante e entre o quarto de Michel e a cozinha. É o único cômodo do apartamento que não tem janela. A luz completamente artificial é fraca e não muito agradável. Para mim, aquele banheiro está diretamente associado ao LSD, com o som da minha urina batendo na água, na clausura desse compartimento minúsculo de iluminação esquisita. Antes do primeiro ácido, uma das primeiras recomendações de Gérard foi a de não nos olharmos no espelho, já que a imagem do próprio rosto deformado pode conduzir a uma *bad trip*. O demônio da perversidade obriga, e nunca consigo me impedir de erguer os olhos para o espelho do banheiro ao lavar as mãos depois de urinar, primeiro de modo furtivo, depois, cada vez com mais frequência ao longo das sessões, observando-me. Meus traços parecem diferentes, com a presença de rastros amarelos, verdes e ocre. No primeiro momento, me acho parecido com Drácula, e essa sensação se torna uma evidência. Aceito-a sem problemas. Sou o que sou, um sósia de Drácula sem seu original, um morador deste banheiro, deste apartamento.

A celebridade, a reputação de Michel certamente têm um impacto em meu afeto por ele. Mas qual? Eu o amo de verdade. Estamos, numa tarde de ácido, na rue de Vaugirard e, quando ligamos a televisão, que anuncia a morte do xá no exílio, Michel se entristece por ter se exprimido como fez em relação ao Irã. Sinto uma lufada de angústia, perceptivelmente compartilhada por Gérard, pelo fato de uma tal notícia surgir naquelas circunstâncias incontroláveis. Que alguém queira o menor dos males a Michel nos parece uma injustiça, uma incompreensão do que deveriam ser as leis do universo. Uma vez ainda, sentimos as tropas se aproximando, mas administramos corretamente a notícia invasiva. Nada indica que Michel tenha sido atingido.

Um dia, Michel não toma o ácido conosco. Tudo estava previsto para cinco, nós quatro mais Marc, e ainda Alain, amigo de Michel uns dez anos mais velho do que a gente, com quem temos uma boa relação. Chegamos na hora combinada à rue de Vaugirard. Michel diz que não se sente bem, mas que isso não nos impede de aproveitar o ácido. Irá trancar-se em seu estúdio, onde, assim, não deveremos entrar, tanto mais que desta vez não alugamos filme. Nessas condições, Alain também decide ficar sóbrio e, gentil, fica conversando com Michel enquanto estamos em nossos delírios. Mas guarda seu ácido no bolso para tomar em outro dia, com outras pessoas. Ficamos tão perplexos com seu gesto que até esquecemos a generosidade dele em acompanhar Michel. Em nosso raciocínio alterado, não entendemos como um ácido na rue de Vaugirard pode equivaler a um ácido fora da rue de Vaugirard, como não ter tomado aqui autoriza seu transporte para outro lugar. Mais tarde, testo na frente de Michel alguma má vontade em relação a Alain, aparentemente tão humilde mas nem tanto assim. "Ficamos sempre surpresos quando os outros querem o mesmo que nós", revida ele, certeiro.

Na ausência de Michel, quase todo dia é dia de ácido. Sempre existem os acasos que atrapalham, mas não nos preocupamos muito. Daniel telefona em busca de uma chave, me orienta até uma gaveta onde todas elas ficam guardadas e me pergunta se identifico, no meio de uma quantidade que me parece incomensurável, uma chave assim e assado, de que ele precisa. Nesse ponto da conversa, diante da minha incapacidade manifesta, sou obrigado a confessar o que escondia não sei por quê, que estou no meio de uma viagem de LSD e incapaz de diferenciar qualquer coisa, mesmo que seja uma chave da outra. Daniel passa somente para procurá-la, atento para não nos atrapalhar.

Agora que Michel ocupou o estúdio, para usar a expressão brincalhona de Gérard – isto é, agora que não o empresta mais a Thierry, sendo Thierry mesmo a causa da mudança, em razão de sua viagem ao redor do mundo –, o que eu receio nos dias de ácido, quando não sei exatamente o que consigo controlar, é jogar pela janela (ou numa fogueira feita para a ocasião, ou na lixeira do andar, esperando não entupi-la, ou na banheira cheia, na qual um bom banhinho, como o de Nova York, nunca nos faz mal) as centenas e centenas de páginas do manuscrito que Hervé irá chamar de livro infinito de Michel, páginas em que não ousamos dar sequer uma olhadinha, ainda que vejamos aumentar indefinidamente a pilha de folhas. Falamos no assunto para afastar o azar, preferiríamos jogar-nos nós mesmos pela janela, da varanda, como dizem que às vezes acontece nas viagens de LSD. É um alívio ver o manuscrito atravessar os meses, as estações, os anos sem que ocorra nada de ruim, nem a ele nem a nós.

Nunca deixamos passar a ocasião de conseguir um ácido. Uma noite, um amigo nos deu dois porque ficamos indignados quando ele quis jogá-los fora, sob o pretexto de terem a mesma origem de outros que tomou e que não produziram nenhum efeito. Guardamos esses dois de reserva, nunca se sabe o que vai acontecer, dormiremos mais sossegados se eles estiverem à mão. Certo dia, tenho um encontro ao meio-dia com Gérard numa ótica para escolher um novo par de óculos. Quando passo na cozinha para o café da manhã, Gérard já saiu, mas deixou um bilhete sobre a mesa dizendo que tomou o ácido para que ele não se eternize sem uso, sobretudo sendo de má qualidade, dizendo-me para fazer o mesmo. O pedacinho de cartolina está sobre a folha de papel e engulo-o como café da manhã. Nenhum efeito, podia ser qualquer pedacinho de cartolina. Nem chegamos a comentar o assunto quando nos encontramos para ver a armação dos óculos. Só no instante em que o vendedor me coloca um par de óculos sobre o nariz e me diz para olhar num dos milhões de espelhos do estabelecimento entendemos que estamos completamente chapados, dos pés à cabeça. A recomendação é nunca se olhar no espelho, mas há espelhos em profusão pelos milhares de metros quadrados, uma orgia de Dráculas. Além disso, a situação é como a da chave, somos incapazes de comparar os vários óculos, cada um mais alucinógeno do que o outro. Saímos precipitadamente da loja nos torcendo de rir, é a primeira vez que o LSD nos pega de surpresa, razão a mais, inclusive, para que nos sintamos quase invulneráveis. Até hoje, sempre que tomamos ácido foi com mil precauções. É a primeira vez que agimos com essa desenvoltura tão culposa, e ela não acarreta inconveniente algum. Pelo contrário, há um encanto especial em acordar no meio da viagem sem saber que íamos fazê-la.

O ácido do dia 31 de dezembro não foi nada de mais, mas fez nascer em mim o fantasma de um ácido que dá errado, que me permita explorar o bode tão escrupulosamente quanto o prazer, talvez seja horroroso mas será um estado, um objeto de estudo que eu poderia morrer sem ter conhecido, analfabeto. Quando comento com Michel, ele se refere ao fantasma da ruína de forma mais geral, do jogador que se endividou pelo resto da vida numa única noite, do drogado à mercê dos traficantes. Essas reflexões não são apenas minhas.

Aos poucos, me familiarizo com a droga. Agora me acontece de cheirar heroína fora das sessões de ácido. Contudo, quando tenho um grama em casa, posso guardá-lo por um mês, ou seja, degustá-lo num ritmo conveniente, sem risco. Tenho como regra nunca tomar heroína sozinho, o que já limita meu consumo, sem contar que há menos risco de dependência se também tenho de arcar com os custos da mercadoria para um companheiro. Depois de um tempo, com nossa sede de conhecimento (como é agradável a pedagogia), Gérard e eu sentimos vontade de estudar também o pico: nada sabemos sobre a explosão imediata provocada pela agulha na veia que, dizem, é de uma doce brutalidade. Não tolero injeção, mas não quero estar do lado errado da compaixão, como todos esses seres eternamente virgens do ácido. Então conseguimos as seringas e tratamos de experimentar. Porém estamos tão amedrontados, não do efeito, mas da própria manipulação, que me recuso a fazer, certo de minha inabilidade, oferecendo o braço a Gérard (e com isso mais uma vez fugindo ao risco da dependência, pois sempre terei necessidade de alguém que me enfie uma seringa na veia), estamos tão ansiosos diante dessa nova experiência que, para acalmar-nos, cheiramos um pouco de heroína antes de injetar-nos, de modo que o *flash* não é o que deveria ser.

Eu nunca tinha usado cocaína quando Hélie me oferece um pouco na rue de Vaugirard, e é pior do que o primeiro ácido, não sinto absolutamente nada, não vejo diferença alguma para o meu estado normal. E ele me responde: "Mesmo assim, você está falando sem parar há quase uma hora".

Todos os namorados de Hélie que encontro são o oposto dele, têm uma vulgaridade de espírito que não condiz com seu refinamento. Gérard fica surpreso como eu, mas Hervé e Michel não acreditam quando conto. Hervé me esclarece que é normal sentir uma espécie de mal-estar ciumento dos amigos que conhecemos desde a infância. Não concordo com ele, mas será difícil discutir. Uma noite em que excepcionalmente Michel passou na minha casa depois do jantar, estamos sentados vendo tevê quando Hélie chega com o namorado do momento, incluindo-o no grupo. A noite dá errado porque fica óbvia a impressão desastrosa que o namorado provocou em todos. "Você se sente desconfortável com o Hélie porque vê nele o que poderia ter se tornado", me diz Hervé no dia seguinte pelo telefone, mudando radicalmente de opinião. Fico contente de ouvi-lo porque tenho, de fato, a impressão de escapar, com meus encontros milagrosos, de algo impossível de definir e que, então, seria isso.

Quando volto para a rue de Vaugirard depois de um fim de semana fora, fico sabendo que Hélie dormiu lá na noite anterior. "Ele queria tanto", me diz Gérard. Em vez de me alegrar, fico incomodado, como se Hélie tivesse se aproveitado do fato de eu não estar. Não quero que ele estrague esse lugar que só desejo compartilhar com todos. Restam-nos oito dias até voltarmos cada um para sua casa, e Gérard, para explicitar a felicidade ambiente, se atreve a dizer: “E se Michel morresse?”, ou seja: “E se Michel não voltasse?”, deixando-nos, assim, o apartamento. Sabemos que não temos nada a ganhar com isso, mas a morte não entra em questão, tamanho o privilégio: em nenhum outro lugar estamos mais vivos do que na rue de Vaugirard.

5

Não quero da minha vida somente os livros mas, mesmo assim, não a imagino sem eles. Eles ocupam meu futuro. Hervé conheceu Michel enviando a seu prestigioso vizinho um texto que acabara de publicar. Seu desejo de publicar na revista que edito foi um elemento determinante de nosso próprio encontro. E, em minha relação com Michel, sempre esteve presente minha vontade de escrever romances.

Em plena era valentiniana da minha vida, meu pai aceita para publicação um livro de Hervé, que está encantado com o fato. Para mim também, é um acontecimento. Ainda não escrevi um romance, mas estou certo de que o farei, e meu pai, independentemente de seu prestígio como editor, a meus olhos já está investido do de pai. Conto a Michel uma noite depois do jantar, no recanto Mahler silencioso. A música, entre nós, fica reservada para o LSD, mas já dividimos tantas horas de escuta das sinfonias *Titã* e *Ressurreição* que nenhum lugar do apartamento nos traz mais intimidade. Não tenho ciúmes de Hervé por ele estar com outro cara, não mais do que ficaria se Valentin multiplicasse seus parceiros e eu fosse um deles, e confesso a Michel que estou, em relação a Hervé e seu manuscrito, contente, feliz por meu amigo, porém com ciúmes. Sinto que estou fazendo uma confissão. Michel me responde que é normal ter ciúmes de nossos amigos, o que interpreto de uma maneira que me faz um bem imenso: só podemos sentir ciúmes de alguém que respeitamos, e isso limita o sentimento e seus efeitos perversos.

Antes de conhecê-lo, Hélie leu os textos de Hervé na revista que edito. Tempos depois, como Hervé publica um livro que recompila várias dessas crônicas, Hélie me diz que gostava delas na revista, mas que num livro é diferente, e me surpreendo com o fato de ele me fazer essa observação, certamente levado por outro motivo que não sua gentileza habitual. Admirador da generosidade de Hélie, Michel me explica que, sem dúvida, ele não está com ciúmes de Hervé e nem de mim, mas da nossa relação. Acho que ele está certo.

Na estante de livros da rue de Vaugirard, num dia em que estou lá sozinho, encontro um livro de Hervé e cometo a indiscrição de ler a dedicatória. O livro é dedicado a Michel com sobriedade: "Ao meu vizinho", está impresso na primeira página. Ora, quando o livro sai, Hervé acaba de se mudar. À mão, no exemplar de Michel, ele riscou o "Ao" impresso para acrescentar cinco palavras à caneta que, com as que já estavam lá impressas, resultaram no seguinte: "Para Michel, que sempre será meu vizinho". É o mesmo sentimento que tenho. Uma vez, Michel me disse que muito melhor do que morar juntos é ser vizinhos, como ele e Daniel, que mora a dois passos do apartamento dele. Mesmo quando moramos juntos na rue de Vaugirard, tenho o sentimento de ser vizinho de Gérard, pois o apartamento é grande o bastante para abrigar-nos aos dois sem que um interfira com o outro, e a volta anunciada de Michel põe fim à experiência, preservando-a da sensação de eternidade, de destino, atrelada a toda vida em comum habitual. Tenho a sensação de pertencer a um grupo de vizinhos. Eu, que moro num apartamento do outro lado de Paris, compartilho o de Michel, mesmo que de forma espaçotemporal particular. Às vezes, sem pensar no assunto, tenho a impressão de que não pode haver laço mais forte. Não é como morar com alguém por hábito ou afinidade sexual, é uma escolha constantemente renovada, sempre nova. É uma invenção, um modo de vida por meio do qual talvez Michel e eu sejamos os dois únicos no mundo a estar ligados.

Quando meu pai fica sabendo de minha amizade com Michel, fica feliz, e, sem dúvida, orgulhoso também, pois sabe das vantagens humanas e sociais decorrentes da convivência com os grandes homens. Depressa, julga conveniente que eu fique sabendo que é de conhecimento público a generosidade dos elogios de Michel, tão exagerados que nem meu pai consegue acreditar neles. Mais um pouco, seria adulação. Não vejo malícia nisso: meu pai só quer evitar que eu caia numa armadilha mais ou menos criada pela homossexualidade, devo manter a cabeça fria. De vez em quando, meu pai é de uma sobriedade teatral, mais vale pecar por um elogio contido que por outro excessivo. É uma ideia da justiça.

Deixei de fazer as críticas cinematográficas em que costumava desancar os filmes em poucas linhas e estou feliz escrevendo para o jornal sobre livros, domínio que conheço mais, e só sobre os de que gosto. Um dia em que Michel me fala de um amigo comum e manifesta sua impaciência com o espírito estreito dele, com o fato de que o garoto tem uma opinião preconcebida sobre tudo, respondo que também sou assim, ao que Michel retruca que de fato também tenho opinião sobre tudo, só que a modifico assim que encontro um argumento convincente. Fico feliz com o que ele diz, é um elogio pouco usual, pois ficar inelutavelmente fiel a uma opinião é conduta que tem seus sectários entusiastas, e é verdade que me divirto em mudar de ideia, que ser confrontado com a própria efemeridade de uma certeza me parece ser, justamente, a vida.

Tomado por uma alegria de todos os momentos, com constantes ataques de riso diante do que vejo como minhas descobertas, escrevo um romance, espécie de epopeia citadina da baixeza. Frequentemente os escritores usam o imperfeito do subjuntivo ao evocar com crueza a sexualidade, dando à sua obra um caráter pomposo – me diverte tratar de uma pornografia em tom menor, perversões sem envergadura relatadas numa linguagem não tanto falada como pensada. Misturo meu gosto pelos raciocínios paradoxais à prática literária da prostituição, da pedofilia e da escatologia vistas sob um ângulo que considero original, uma visão atemorizadora da vida familiar. Confio o manuscrito a Michel e a Hervé para que o leiam. Hervé é o primeiro a se manifestar, numa bela carta que, contudo, me leva a temer que ele não tenha percebido o aspecto cômico do livro, mais impactado pela conduta dos personagens, cuja sistematização, no entanto, me parece humorística. Michel me envia um bilhete que me deixa encantado, pois parece ter levado em conta o que eu quis colocar no texto. É um prazer, em seguida, ouvi-lo falar do livro no sofá da rue de Vaugirard, citando diversas frases e rindo de novo ao lembrar-se delas. Adoro sua risada, inclusive, e mais do que todas, a risadinha que ele solta invariavelmente ao abrir a porta do apartamento para eu entrar.

Confiante com essas primeiras reações, deixo o manuscrito com meu pai. Sempre tive a intenção de escrever e achava que meu pai me editaria, as duas coisas eram uma e a mesma coisa, caso eu conseguisse concluir um manuscrito que me deixasse satisfeito o bastante para entregar-lhe. Mas não é bem assim: as duas ações são completamente diferentes.

Meu pai tem mil restrições quanto ao manuscrito e nenhuma delas me parece literária. O que a família iria pensar de repente assume importância. Como um adolescente, fico ao mesmo tempo satisfeito por ter encurralado meu pai, que se diz tão aberto, acho aquilo um sucesso, e aborrecido por esse homem tão tolerante não admitir que foi isso que se passou, que a qualidade do livro que se esforça para se tornar um livro não tem nada a ver com as suas reticências. Pelo contrário, ele se fecha para o livro bem mais do que eu imaginava. A honestidade tem seus mistérios.

Michel vai parar no centro do nosso enfrentamento. Meu pai e ele são as duas únicas pessoas dessa idade de quem sou íntimo. Há uma estranheza em falar-lhe assim sobre meu pai na rue de Vaugirard, nesse universo tão distante de meus hábitos familiares. Apesar de minha amargura, estou contente por meu pai habitar aquele lugar, mesmo que apenas por meio dos relatos de nossas conversas.

Ao me receber uma noite na rue de Vaugirard, Michel me pergunta se li a crônica que saiu no *Gai Pied*, que costuma publicar uma por semana. Não, a frase selecionada para vir reproduzida na chamada era tão insignificante que não me interessei. Michel diz que a frase era tão ruim que ele havia querido ler o texto todo para ver se, realmente, era a melhor, e de fato era. Estou sentado no sofá com a revista na mão, Michel ao meu lado para reler sobre meu ombro, é um momento maravilhoso. O texto está num nível tão inferior a tudo o que eu chamaria de esboço, a cada palavra surge outra inadequada, o próprio título é um equívoco, todas as frases são lamentáveis, mesmo numa onda de LSD não conseguimos rir tanto quanto agora. Michel dá gargalhadas até cair do sofá para o chão, o que me preocupa por um instante sem que eu possa fazer nada, tomado por meu próprio ataque de riso, que deixa meus músculos imprestáveis. Fico encantado com o fato de que a escrita sele nossa inimaginável cumplicidade.

É a época do desejo. Meu manuscrito está do lado do prazer, e esse é um dos aspectos que agradam a Michel, passamos uma noite falando no assunto. Detesto que o desejo seja uma arma, que certos rapazes vejam nele sua joia rara, ilhota de pureza num oceano de alienação. Nos *darkrooms* que frequento regularmente, transo com pessoas que talvez não me despertassem desejo algum se as visse, mas com as quais divido um enorme prazer na escuridão. Além disso, num desses *darkrooms* passo por uma situação que me diverte: meu dinheiro é furtado do bolso da minha calça jeans justa (é claro que a situação divertida não é essa) exatamente porque esse jeans, abaixado até meus tornozelos junto com a cueca, já não se ajusta a meu corpo, e há algo de jubiloso em imaginar, no meio de toda aquela atividade fornicadora, um cara de quatro no aposento escuro não para satisfazer a alguma inclinação sexual, mas revistando todas as calças de bolsos recheados abaixadas até os tornozelos. Michel também me faz ver que não tive o desejo de tomar LSD: como poderia ter, se não conhecia seus efeitos? É o prazer da droga que produz em nós o desejo de tomá-la. Toda a rue de Vaugirard é para mim um aprendizado nesse sentido. A propósito dos *darkrooms*, não conto a ele que mudei, não meus hábitos, mas ao menos minhas posições sexuais, devido ao tal "câncer gay" de que fala a imprensa – minha eterna prudência.

Decido que Michel será o árbitro do desentendimento com o meu pai. É claro que ele só tem as informações transmitidas por mim, mas saberá levar isso em conta. O desentendimento se resolve sem que ele tenha dito uma só palavra que diminuísse meu pai, nem sua pessoa propriamente dita, nem sua imagem perante um filho. É mais fácil para ele distinguir meu pai do editor do que para meu pai e para mim. No fim das contas, meu pai publica o livro depois de tê-lo enviado, sem identificar o autor, para uma leitura anônima por seu conselheiro habitual, cuja opinião, que o conselheiro me conta calorosamente mais adiante, me alegra. Está tudo combinado, mas meu pai ainda me pede para publicar o livro com um pseudônimo. Submeti o manuscrito a outras editoras, ninguém o aprovou, não tenho escolha. Contudo, usar um pseudônimo por não ter outra alternativa me parece grotesco. Inicialmente espantado com esse enésimo percalço, Michel endossa a solução proposta por meu pai ao seu modo. Num novo jantar na rue de Vaugirard, assim que eu entro, ele se dirige a mim usando um nome desconhecido, me perguntando o que acho dele. Não acho nada, não entendo o que ele quer. É o pseudônimo que imaginou para mim e, então, explica as circunstâncias e consequências que eu não havia entendido. Aproprio-me dele entusiasmado e mesmo meu pai não tem reparos.

6

Michel me convida para tomar um LSD a três na quarta-feira à tarde, em companhia do senhor Marc. É assim que Michel chama um rapaz da nossa idade por quem se apaixonou, de modo que já ouvimos falar muito nele sem tê-lo ainda encontrado. Sabemos também que a droga não deve representar nenhum temor para ele já que, mesmo sem ter ainda experimentado o ácido, tem mais familiaridade com a heroína do que qualquer um de nós. Certa noite, Michel contou a Hervé e a mim a história de como haviam se conhecido. Reparou nele por conta de sua beleza, em meio aos ouvintes de suas aulas no Collège de France, abertas ao público, de acordo com as normas da instituição. Hervé e eu sempre tivemos a impressão de que Michel não gostaria que as frequentássemos. Mas Michel está muito contente com a presença desse rapaz. Diverte-se ao divertir-nos, contando em detalhes o modo como o abordou. Não sabia como fazer, então quando o rapaz, no término da aula, foi buscar sobre a mesa o gravador que pusera ali para gravar a exposição, como fazem muitos dos presentes,

Michel explica que não encontrou nada de melhor para dizer a ele para puxar conversa do que uma frase do tipo: "Nossa, que bonito, esse seu gravador!", e ri ao ver-nos rir do jeito que rimos, de pura alegria ao constatar que existe ao menos uma situação na qual ele não parece ser mais inteligente do que nós.

O senhor Marc é heterossexual, vive com uma garota e a priori não simpatizamos com ele por causa da maneira como se comporta com Michel. Ele marca ou concorda com encontros aos quais não vai, não dá notícias e depois ressurge abruptamente para desaparecer de novo do mesmo modo e, assim como um dos meus namorados, não é nem um pouco confiável. Em determinado momento, quando ultrapassa os limites, Didier considera de bom alvitre publicar no *Libération*, jornal lido pelo rapaz, um anúncio dizendo assim: "Os amigos de Michel acham que o senhor Marc exagera". Estamos todos mais ou menos aterrorizados, com medo de que Michel não goste, mas, pelo contrário, ele fica contente, o artifício funciona e podemos esquecer nosso terror. Receio apenas que, agradável ou não, o senhor Marc decida afinal não ir à rue de Vaugirard e que precisemos esperar várias horas antes de decidir o que fazer para reagir a sua ausência, como é sempre o meu caso quando é minha vez de levar um fora de alguém, mas ele já está lá quando Michel me abre a porta. É lindo e fico especialmente feliz de vê-lo porque imediatamente nos damos bem, Michel não é nada tímido quando se trata de deixar os outros à vontade.

São os três últimos ácidos de uma série de muitos que tomamos sem incidentes. Algum tempo depois de sua absorção, fica claro que esses têm uma potência à qual não estamos acostumados. Ficamos chapados como nunca antes, contudo sentimos uma certa reserva provocada por essa mesma força. Estamos acostumados a deixar a coisa fluir, mas aqui se trata de um abandono de outra amplitude, é como se nossa personalidade habitual fosse atacada com autêntica violência. Estou deitado no sofá, Michel e o senhor Marc estão cada um numa poltrona quando Michel se levanta, veste um paletó e sai do apartamento. Vejo seu rosto desfigurado. Por conta da lucidez exacerbada do ácido – esse poder incompreensível que ele nos dá de ler as feições de nossos companheiros de viagem –, só posso constatar que aconteceu algo imprevisto, algo bem grave. O senhor Marc fica surpreso com a súbita partida de Michel. Em poucas palavras, sentindo-me seguro devido a minha experiência com o ácido, digo ao neófito para não se preocupar. Me custa dizê-lo e ao mesmo tempo não me custa – não me custa porque estou convencido de que é isso que preciso dizer e, idealmente, o que é preciso fazer, e contudo me custa porque estou extremamente preocupado com Michel e seu estado, e porque me preocupa o que ainda está por acontecer naquela tarde. Mas me agarro à convicção tirada de meus conhecimentos (não foi à toa que tomei tantos ácidos, agora minha gula se vê justificada pelas intuições que me proporciona) de que não devemos pensar em Michel durante a tempestade, não vai lhe servir de nada e podemos ser arrastados com ele para o fundo, eu e o senhor Marc. Devemos adiar nossa preocupação para mais tarde, quando estivermos em condições de usar de bom senso. Por ora, qualquer que seja nossa preocupação, não devemos nos preocupar com ele.

Estou sobre o fio da navalha e, para piorar, fico com essa frase na cabeça no meio desse furacão mental do ácido em que os fluxos se sobrepõem, mesclando seus conteúdos. O senhor Marc está igualmente confuso, e isso salta aos olhos. Nunca, até hoje, o apartamento me deu essa impressão quase hostil. Não existe mais nada nele em que possa me apoiar, nem o recanto Mahler, nem a porta que é uma divisória por si só, nem lembrança alguma. Meu estado é de urgência permanente, a cada instante preciso achar um modo de passar sem estragos ao instante seguinte, e os instantes são eternos, não sei que solução vou encontrar, a única é não pensar no assunto. Mover os olhos quarenta e cinco graus para a esquerda na direção do senhor Marc é um movimento, exige um esforço, físico ou mental, sou incapaz de determinar. Ele sente quando o olho e, por sua vez, me olha, ou quem sabe foi ele que começou e eu que me virei para ele atraído por seu olhar. Em todo caso, quando o vejo, sei o estado em que está o senhor Marc naquele vigésimo ou centésimo de segundo: se constato que ele está bem, prolongo meu olhar para me nutrir desse refúgio; no caso inverso, abrevio-o para não ficar contaminado pelo seu desespero, seja como for, sem ousar pousar os olhos nele de novo antes de acreditar que meu próprio rosto está aceitável, com a angústia sob controle. Sei bem que se um de nós afunda, o outro vai junto. O egoísmo mais absoluto também é solicitado por generosidade.

Além disso, eu é que preciso cuidar das tarefas práticas da sessão, sou o único especialista ao lado do senhor Marc, que não percebe, por exemplo, que o disco chegou ao fim e é preciso trocá-lo, faço isso com uma precaução infinita devido a minha inabilidade decuplicada pela droga, o senhor Marc não sabe que é preciso ao menos procurar ritmar esse tempo infinito da ação do ácido à espera do momento em que o ácido chegará ao fim, em que poderemos refletir com mais serenidade, pensar em Michel.

O telefone da sala toca. Nunca aconteceu de esse telefone tocar numa situação assim, Gérard certamente tem o hábito de tirá-lo do gancho. Sou obrigado a responder. É Éric. Há alguns meses me apaixonei por esse rapaz, nossos desejos divergiam, mas ele soube lidar com o fato de maneira a que não fosse um entrave a nossa ligação, e por isso sou-lhe muito grato, ainda mais que ele tem apenas vinte anos, por isso sua habilidade nas relações me parece ainda mais notável. Enquanto o que sinto por ele está longe de ter acabado, mesmo sendo algo menos intenso, já que ainda não consegui libertar meu corpo e meu espírito de Valentin, que nunca mais revi, Éric se apaixonou há uns quinze dias por outro rapaz. Telefona porque as coisas não correram bem com o outro e ele se sente perdido, pergunta se pode vir conversar comigo. Tomei diversos ácidos com ele, então ele sabe como a gente fica quando toma um ácido, se mesmo assim insiste em vir é porque precisa vir, acabo concordando. Em suma, não tenho condições de sentir ciúmes ou qualquer outra coisa pois o que me preocupa agora tem uma envergadura incomparavelmente maior. Os namorados passam, Michel é eterno.

Como por milagre, chegamos sem pirar a um período de desafogo, com o auge do efeito do ácido finalmente para trás. A experiência me permite reconhecer com segurança o momento em que é possível tomar a heroína sem nenhum risco; ao contrário, ela até melhora a segunda parte da viagem. E, além disso, como o senhor Marc é muito mais competente nessa outra droga do que eu, ele se sente à vontade, mesmo deixando de injetá-la, como costuma fazer. Atendeu a minhas injunções de não pensar em Michel – sua ignorância do ácido e, consequentemente, dos riscos a que Michel estava exposto facilitou as coisas – e agora se diverte por estar no apartamento sem Michel, experiência rara para ele, e de repente alcança um humor mais positivo que me contagia. Preparo duas carreiras grossas e aspiro a minha com o canudo do McDonald's que trouxe para isso, entregando-o em seguida ao senhor Marc. Mas não assoei bem o nariz antes, o canudo está cheio de muco, nojento. O senhor Marc limpa-o na água da torneira. Quando volta com o canudo molhado, vemos que foi uma ideia idiota, a heroína vai colar no plástico molhado e será impossível inalar. Tentamos secar o canudo soprando dentro, introduzindo nele um lenço ou qualquer tecido fino, em vão, mas é o melhor momento de toda a tarde, rimos sem parar até o senhor Marc tirar uma cédula do bolso e enrolá-la formando um canudo, prática que é a banalidade personificada e da qual também rimos por termos levado tanto tempo para redescobri-la. Tudo vai melhor agora, pelo menos para nós dois.

Éric chega durante outra onda mais fraca do ácido e por isso posso explicar-lhe a situação em poucas palavras. Era disso que ele estava precisando, claramente o mero fato de estar aqui lhe faz bem. Mas pouco a pouco o senhor Marc e eu voltamos a mergulhar, é como uma nova crise depois de um descanso, como sitiados que devem voltar ao combate. Depois de algum tempo estamos esgotados, nossa energia foi consumida pelo ácido em si, além da que despendemos para nos defender dele. Ouvimos uma chave girando e depois a porta de entrada se abre e Michel aparece, acompanhado de um sujeito de idade mais próxima da dele que da nossa e que não conhecemos. O que aconteceu? Pelo aspecto, Michel continua mal, embora menos. E quem é o sujeito?

O homem nos pede um copo d'água para que Michel, que está silencioso, tome um comprimido. Na verdade, o ácido continua fazendo efeito com uma força que não suspeitamos. Desde o primeiro instante, o desconhecido me caiu mal, e minha impressão se confirma. Mal ele acabou de pronunciar a frase e – de novo um efeito de minha lucidez exacerbada – percebo nela uma tentativa de assassinato ou de suicídio assistido, acredito que aquele comprimido é um modo de exterminar Michel, e fico plantado no mesmo lugar, hostil. Percebo que o senhor Marc está no mesmo estado de espírito. Éric fica discretamente a um canto, fora do meu campo de visão. Meu espírito costuma se lançar em todas as direções, mas uma coisa é certa, minha imobilidade é um sinal de agressividade. Aquele sujeito que não conte com a nossa ajuda para o seu trabalho sujo. Não sei se faço o gesto, mas pareço uma criança birrenta que cruza os braços para melhor manifestar sua decisão de não obedecer.

A tensão da cena me transforma numa bolha, num lago de angústia. Instantaneamente, sinto-me como esses personagens de história em quadrinhos ou de desenho animado que torcem a roupa ensopada de suor depois de um medo gigantesco. Tenho a sensação de ser feito de água, uma estátua de água cuja carne e cujos ossos poderiam ser torcidos. Não consigo imaginar uma situação mais medonha do que a que tenho diante de mim: alguém que eu amo está ali pedindo-me uma ajuda vital que sou incapaz de lhe oferecer, é o fantasma ao contrário, o da perversidade. Acho que Michel quer que eu faça alguma coisa mas não sei sequer em que dia estamos, seria incapaz de ver a hora, não controlo nada de nada. É como se, levado por um turbilhão, ele me estendesse a mão e bastasse segurá-la para que ele se salvasse, só que uma câimbra ou sei lá o quê, algo que não consigo controlar, me impedisse justamente de fazê-lo.

"Onde fica a cozinha?", pergunta o sujeito. Não respondemos. Michel aponta, engole o comprimido quando o outro volta com o copo e depois vai para o quarto e se deita. O estranho vai embora sem termos trocado uma só palavra.

Tomamos o ácido logo no início da tarde, de modo que ainda está completamente claro, sentimos o calor de agosto. O senhor Marc e eu estamos um pouco perdidos na sala,

Michel dorme ao lado, Éric está no aposento mas nossa viagem o torna quase inacessível. Tentamos nos recompor um pouco, mas a luta continua apesar do efeito da heroína. Nunca me confrontei com um ácido tão forte.

De repente, Michel sai do quarto de cueca. Ele é sempre tão pudico que basta essa visão para deixar-me de novo preocupado. Mas o turbilhão veio e passou, e Michel não foi carregado. Ele conta em linhas gerais o que aconteceu; tenho a impressão de estar sozinho com ele durante esse relato, isolado do senhor Marc e de Éric, que nunca o viu antes. Em certo momento, ele estava se sentindo tão mal que decidiu ir a um médico do bairro que conhecia um pouco e que estava com o consultório aberto. A sala de espera estava cheia e ele se fechou lá, entre as senhoras e as crianças que são a maioria dos clientes nessas consultas da tarde. Mesmo no meio de uma onda de ácido que transcorre maravilhosamente bem, uma situação dessas tem tudo para afundar qualquer um na hora, não entendo como Michel foi capaz de ficar ali. Ele diz que seu gesto foi heroico, palavra tão surpreendente em sua boca que me convenço imediatamente, é a única explicação para sua conduta. Michel relativiza em seguida o termo, contando que o médico, assim que abriu a porta da sala de espera, percebeu que alguma coisa não ia bem e o fez passar antes dos outros. Então ele conseguiu explicar-lhe as coisas e o outro lhe prescreveu um forte calmante. Entre o consultório do médico e a farmácia, ele se sentou num banco e por coincidência um sujeito que ele conhecia passou por ele e deve ter percebido algo estranho, já que Michel ficou muito contente de o estranho, que não é um estranho para ele, tê-lo acompanhado até a farmácia e, depois, até o apartamento.

Michel vai se deitar outra vez. O telefone toca no estúdio. É Daniel, que sabe que íamos tomar o ácido e quer notícias. Digo apenas que as coisas não se passaram muito bem e que seria melhor que ele viesse. Rapidamente, ele chega. Faço um resumo da forma mais coerente que posso e Daniel vai até o quarto ver Michel. Ao deixar o quarto, está mais tranquilo. Durante um tempo infinito, tenho a impressão de contar-lhe incessantemente o que aconteceu durante a onda do ácido, voltando atrás para precisar alguns detalhes. Às vezes é o senhor Marc que o faz, evocando os fatos. Quando chego à parte do copo d'água e do comprimido, Éric comenta (sem maldade, pois já tomou ácido) que fomos ridículos, transformando um copo d'água no confronto do século. Então, conto o que me passara pela cabeça, e o senhor Marc também, e a coisa não acaba mais. Até que Éric vai até o telefone, consegue marcar um encontro com seu novo namorado e nos deixa para trás, sua alegria nos alegra como uma boa notícia depois de um dia difícil. Tarde, Daniel diz que vai dormir na rue de Vaugirard. Finalmente saímos, o senhor Marc e eu, e enveredamos rua afora.

Estamos tão necessitados de andar quanto de falar. A noite já caiu completamente. Acompanho o senhor Marc até seu apartamento, a quilômetros dali. Sempre vi o ácido como um criador de intimidade, e a que ponto, sobretudo quando tudo se complica daquele jeito. Agora o senhor

Marc e eu estamos próximos um do outro, nós que nunca tínhamos nos visto antes da hora do almoço. Sinto-me abandonado ao deixá-lo, não quero voltar para casa, onde minha solidão será mais dolorosa, caminho ainda um pouco. Chego a uma boate que frequento às vezes mas nunca a esta hora. Não estou com a menor vontade de encontrar companhia, só que, apesar do cansaço, ainda tenho energia de sobra, penso sem parar. Obsessivamente, tenho apenas Michel na cabeça. Expulsam-me da boate porque está na hora de fechar, não tenho alternativa senão voltar para casa, mesmo dando voltas, fazendo hora sentado nos bancos. Amanheceu. Encontro uma mensagem na secretária eletrônica gravada às duas da manhã em que Éric me diz que está tudo bem com ele, e eu que nem pensava nele, mas me alegro por ele reaparecer assim. Há mensagens em branco depois, como se Michel tivesse ligado no impulso de falar comigo, mas não com a secretária eletrônica. Deito-me mesmo sendo óbvio que terei dificuldade para dormir. Não desligo o telefone para o caso de conseguir mesmo assim, na esperança de ser acordado por um telefonema de Michel, que imagino que virá assim que ele estiver em condições.

Essas horas são um pesadelo. Os efeitos perversos do ácido não são amenizados, mas multiplicados pelos da heroína, que cai mal também. As cortinas do meu quarto viram minhas inimigas. Elas são de uma hostilidade que não posso deixar de perceber. Sei que é uma alucinação, uma loucura, mas saber não muda nada, assim como tenho medo ao assistir a um filme de terror sanguinolento mesmo sabendo que na tela estão apenas atores e que o sangue é geleia de groselha. Só há um modo de lutar contra a agressão das cortinas, continuar com os olhos abertos, tudo se desencadeia quando os fecho por um instante. A única maneira de manter as cortinas à distância é tê-las permanentemente sob vigilância. Naturalmente agora tenho vontade de dormir. Basta fechar os olhos, não aguento mais manter as pálpebras erguidas, é um esforço físico, um esforço mental, um inferno.

Nem cogito a possibilidade de não ter juntado a heroína ao ácido, de não ter tomado o ácido, no belo dia banal que aquele dia poderia ter sido. A situação é o que é, a droga se desdobra à minha volta, se encarna nas representações maléficas nas quais só posso acreditar, mesmo não acreditando. Uma alucinação é isto – um erro de análise impossível de corrigir, uma incapacidade. Com minha vocação para a preocupação, antecipo amedrontado o momento em que manter os olhos abertos não será suficiente para me proteger delas.

O telefone toca, Michel parece bem, imediatamente me tranquilizo. Ele me convida para ir até lá, corro para a rue de Vaugirard com o pretexto de almoçar ou tomar café da manhã com ele apesar da hora, para que conversemos e fiquemos juntos. Michel está menos vivaz do que o usual e ainda há resquícios de ácido visíveis em seu rosto. Mesmo assim, ele comenta com alegria que o amigo que o levou para casa na véspera e em relação ao qual o senhor Marc e eu nos comportamos tão curiosamente havia pensado que éramos dois michês cuja única preocupação era sair fora da fria em que haviam se metido sem querer. Me agrada que pensem que há pessoas dispostas a pagar para dormir comigo.

Faz um bom tempo que programei viajar para a Normandia neste fim de semana com minha família. Mantenho o combinado, mas volto no domingo à tarde. Passo na rue de Vaugirard para jantar numa hora inconveniente por ser muito cedo e Michel, excepcionalmente, me leva a um restaurante próximo. Excepcionalmente também, fala de seu trabalho, do livro que está preparando. Nem ele nem eu recuperamos nosso estado normal. Ainda é muito cedo quando saímos do restaurante e Michel me leva de carro até o bar aonde costumo ir, como se estivesse envergonhado de estragar minha noite encerrando-a tão cedo. Mal ponho os pés no bar, reconheço Valentin, o rapaz que persigo há dois anos e que, aliás, encontrei exatamente naquele lugar, antes de nossa primeira e única noite juntos. Meu querido está acompanhado de três rapazes. Aproximo-me deles, dele, olho-o de tal maneira que Valentin me interpela. Percebo que não me reconhece. Então evoco nossa noite juntos, mas seus companheiros zombam de mim dizendo que aquilo não é nada, como se Valentin costumasse multiplicar tanto parceiros como abandonos. Não me deixo abater. Relembro, então, os telefonemas intermináveis, os encontros a que ele deixara de comparecer. De repente, ele me identifica. Lucidez? Lucidez aguda? Engano? Fico convencido de que, de uma forma ou de outra, sou importante para ele.

No dia seguinte, quando conto a Michel que não passei a noite com Valentin mas que vamos almoçar juntos dali a dois dias, ele me pede que lhe prometa que, se Valentin não aparecer, agora esqueço o assunto de uma vez por todas. “Mas ele pode me dar o cano só mais uma vez, não é?”, respondo, humilde, sublinhando o algarismo, a tal ponto sou incapaz de abrir mão do garoto e de descumprir uma promessa feita a Michel.

7

"Ouvi falar muito de você", diz Michel a Valentin, que fez por merecer esse comentário, quando o levo para jantar pela primeira vez na rue de Vaugirard. Numa noite em que discutimos e sinto que devo criticá-lo por sua conduta, pelo menos implicitamente, Valentin me responde, já que lhe contei sobre a minha família, que dá para ver que sou neto de procurador. Essa observação me atinge de imediato, especialmente no dia seguinte, na casa de Michel. Eu o mantenho a par das dificuldades que meu pai aponta agora em relação a meu segundo romance, ele quer que eu mantenha o pseudônimo. No primeiro, aceitei para atendê-lo e não para me comprometer para sempre. Até Michel está surpreso, acha que meu pai exagera. Amargurado, imagino então que meu pai sente inveja dos escritores, por não escrever. Michel não concorda nem por um segundo. A irritação que sinto, analisa citando um dos antigos autores de meu pai, viria antes do fato de que meu pai nos faz sentir, quando conversamos com ele, como se estivéssemos diante de um tribunal em que ele representaria o conjunto dos prestigiosos autores que edita. Me parece necessário mudar de editor e de forma de julgamento. Meu futuro não passa mais pela editora do meu pai. Quando ele me fala sobre o que se tornará a editora depois de sua morte, sei que espera uma resposta minha, então mudo de assunto.

Quando chego à rue de Vaugirard, Michel me fala de um artigo do *Le Monde* que leu à tarde, escrito por ocasião do aniversário da morte de um músico de quem era próximo. O artigo aponta as deficiências do compositor, que explicariam o fato de que ainda hoje ele não teve um reconhecimento maior, e Michel me diz ter se convencido por alguns instantes e depois ter sentido vergonha de sua reação. É raro ele assumir essa forma de intimidade. Já o ouvi dizer que a morte é um acontecimento de tal monta que é impossível digeri-la imediatamente, mas que tem ao menos uma vantagem, aquele que sobrevive passa a dominar a relação. Agora, ela só se desenvolverá nele. Tenho um vínculo estranho com a conversa de Michel, inteligência e afeto, nela, estão muito mesclados. Às vezes tomo tudo o que ele me diz por informações mesmo tendo dificuldade para decifrá-las, às vezes não.

Meu irmão, sabendo da minha intimidade com Michel, exalta a minha sorte. Digo a ele que reconheço o fato e lhe conto como me apoio em Michel toda vez que me apaixono. Meu irmão acha que eu deveria aproveitar melhor um amigo assim. Eu aproveito, mas não sei como explicar a ele.

Michel não tem nenhuma viagem em vista, a curto prazo não vemos como ocupar em grupo a rue de Vaugirard. De todo modo, acabou o ácido, ao menos em Paris, já que em Paris só tomamos na rue de Vaugirard e não tenho vontade de tomar outra vez porque me lembro do que aconteceu na última. Faz um tempo que, de vez em quando, tento tomar na Normandia, quando vou passar o fim de semana com alguém na propriedade dos meus avós. Uma vez com Gérard, quando reencontro outro Hervé, amigo de infância e adolescência que não vejo há anos e que, graças à heroína, como o senhor Marc, tem tanto domínio da droga que pode passar boa parte da onda do ácido na companhia dos pais sem o menor embaraço. Também tomei com Éric, que do nada se ajoelha diante de mim e amarra meus sapatos, para grande surpresa dos meus primos, que são confrontados à minha homossexualidade. E agora na companhia de Valentin, com grande intensidade nos bons e nos maus momentos. Algo mudou desde que o ácido foi ejetado da rue de Vaugirard, algo ficou para trás. O apartamento fica conosco durante alguns dias. Não tomamos nada, é só bem-estar.

Às vezes, Michel organiza pequenas reuniões, como a do bailarino japonês. Outra vez é em homenagem a um fotógrafo americano que Hervé adora e para o catálogo de cuja exposição Michel escreve um prefácio. E é a ocasião, para Hervé e para mim, de sermos de novo convidados juntos para ir à rue de Vaugirard. No começo era algo habitual, mas juntos ficávamos tão idiotas que até Michel achou difícil de aturar e preferiu durante algum tempo nos convidar um de cada vez. Uma noite em que jantávamos os três na cozinha, o telefone tocou na sala e, como Michel estava ocupado, Hervé foi atender. Na realidade, há duas linhas de telefone na rue de Vaugirard. Uma no estúdio, que Michel atende e é restrita a poucos. A outra, na sala, fica quase o tempo todo desligada, o que me convém pois posso conectá-la quando quero e dar meu número na rue de Vaugirard sem correr o risco de atrapalhar demais Michel depois que ele volta. No dia desse jantar ela também estava ligada, e Hervé volta, rindo, para dizer a Michel que, quando perguntou quem gostaria de falar com Michel, uma jovem voz masculina disse: "Um grande amigo dele". Michel vai atender e volta cinco minutos depois dizendo que, de fato, se tratava de um amigo. "Um grande amigo, mas que não tem o número certo", finalizou Hervé, porque nós somos, além de idiotas, duas pestes.

A reunião da vez é para William Burroughs. Um filme sobre ele acaba de ser lançado no cinema e o cineasta e seu personagem estão na rue de Vaugirard, na companhia do tradutor do filme, que é o grande amigo de Michel que não tinha o número certo. Desde então, como Michel, tenho um caso com esse rapaz que, contudo, me irrita porque sempre concorda com o que eu digo, o que me obriga a levar a provocação um pouco longe quando quero suscitar indignação. Michel me perguntou sobre essa questão antes de me contar que acontecia a mesma coisa com ele, e que ele também ficava irritado. E me disse que perguntara a um antigo namorado do rapaz qual havia sido o motivo da separação e que ele explicara que o rapaz era infernal, que dizia sempre o oposto do que ele dizia. Durante toda a noite, Hervé e eu, apesar de gostarmos da obra de Burroughs, nos isolamos, falando só com Michel, por sua vez ocupado em tomar as providências para o bom andamento da noite. De minha parte, sempre tenho o sentimento de que os outros não aproveitam a rue de Vaugirard tanto quanto poderiam, tanto quanto deveriam, mesmo que, também para mim, nessas ocasiões ela fique menos acolhedora.

"Hervé é a única pessoa que conheço que pode dizer: 'Acabei de ler um livro magnífico. Chama-se *A cartuxa de Parma*'", me diz Michel, encantado. O elogio é surpreendente pelo seu tom. De todo modo, ele nunca diria nada contra Hervé. Por outro lado, Hervé escreveu com muito prazer um roteiro com Patrice Chéreau e as coisas se complicaram quando a fase do roteiro se concluiu, chegando o momento de rodar o filme: Michel não toma o partido de Hervé, como eu teria apostado, mantendo a balança equilibrada. Numa obra, ele sempre valoriza a qualidade da relação do autor com o trabalho, aos meus olhos isso se torna quase um fator determinante. O filme fica pronto e Michel volta, não como crítica, mas como constatação, necessidade típica da juventude, à dificuldade que tem Hervé de suportar a despossessão. Ao passo que de repente a despossessão parece ser um dos interesses de Michel, ele fala em eclipsamento, retoma o assunto diversas vezes, como um objetivo.

Uma noite, acabo de chegar à rue de Vaugirard e ele me põe entre as mãos o segundo volume da Pléiade das *Mémorias de além-túmulo*. O livro começa depois da morte de Napoleão, quando Chateaubriand lamenta a perda desse adversário de peso e o fato de encontrar-se num mundo tão sem graça. "Ao me expressar sobre nosso pouco valor, consultei minha consciência; perguntei-me se não havia me incorporado por interesse à estupidez dos tempos que correm, para adquirir o direito de condenar os demais; convencido como estava, *in petto*, de que meu nome poderia ser lido em meio a todos esses apagamentos.[1] Não: estou convencido de que desfaleceremos todos: primeiro, porque não temos em nós de que viver; segundo, porque o próprio século em que começamos ou terminamos nossos dias já não tem de que fazer-nos viver." O que Michel mais gosta nessa passagem é a palavra *apagamentos*. Sou tomado pela convicção de que ele atribui mais sentidos à palavra do que Chateaubriand.

Para ele, minha relação com Hervé é uma relação amorosa. Estou perfeitamente de acordo. Desde que comecei a ter relações amorosas, sempre tenho a impressão de que minhas infelicidades nas relações passionais provêm em grande parte de convenções sociais que para mim, na verdade, não têm a menor utilidade, de que meu ciúme é uma construção exterior, de que uma noção lamentável do orgulho não me convém. Michel desenvolve ao seu redor, graças às suas irrefutáveis gentileza e inteligência, outra criação do mundo, uma invenção dos vínculos amorosos e sexuais, dos corpos e dos sentimentos. Não compreendo

1 *Effaçures*, no original francês. [N. T.]

necessariamente aonde isso me leva, enxergo apenas uma espécie de resgate cuja imagem precisa não possuo. Minha relação com Michel também é uma relação amorosa.

Em diversos jantares, Michel tem ataques de tosse pelos quais se desculpa, pois eles dificultam a conversa. Às vezes, fica cansado dos exames médicos e acontece, quando estamos na sala, de ele não ouvir o telefone tocar no estúdio e procuro avisá-lo delicadamente, sem pensar muito no assunto. Num fim de tarde ele me telefona para que eu vá jantar com ele, como faço com frequência quando estou mal e preciso de sua companhia. Já tenho um encontro marcado naquele dia. Telefono ao rapaz para cancelar o encontro, não é um amigo, mas um jovem doente com quem ninguém deve gostar de jantar, embora ele seja mestre em desenvolver essas conversas de última hora pelo telefone; ele manifesta sua alegria por nos vermos e diz que já preparou tudo, antes mesmo que eu consiga pronunciar uma só palavra, de modo que não consigo cancelar o compromisso. Ligo de volta para Michel, que não esperava que eu não conseguisse, e sinto em sua voz uma decepção que transforma o jantar com o rapaz num pesadelo. Lembro-me de outra decepção, uma noite em que lhe contava como o ácido nos leva a perguntar-nos coisas que nunca nos perguntaríamos em estado normal, suscitando uma forma diferente de pensar; ele quis saber qual seria essa forma diferente de pensar e depois ela não lhe pareceu tão interessante quanto ele esperava que fosse.

Normalmente, Michel é tão discreto acerca do seu trabalho que sempre presto muita atenção quando ele fala alguma coisa a respeito dele, com mais frequência agora, que está concluindo seus livros infinitos. Vejo sua alegria quando menciona o que denomina seu trabalho de costureira, quando o livro já está pronto e não há nada mais a fazer além desses pequenos ajustes que são, na verdade, imprescindíveis, quando existem apenas detalhes que não estão perfeitos, pequenos nadas suficientes para comprometer o conjunto mas com tudo muito próximo de seu termo. Uma noite ele me diz que os livros nos quais trabalha há anos e anos ficaram prontos, que finalizá-los lhe deu enorme prazer. Mas que, ao erguer-se da mesa onde interiormente havia decretado seu fim, derrubou um copo, que se quebrou, dando-lhe a sensação de que, afinal, o tempo da satisfação acabara, não durara mais que alguns segundos.

Quando meu pai determinou o fim da revista onde eu trabalhava, na época da nossa rusga, Michel a princípio ficou surpreso por eu não lutar mais para mantê-la, sobretudo porque a revista lhe parecia estar em seu melhor momento literário. Depois se recuperou da surpresa, lembrando que sempre temos menos vontade de fazer aquilo que não funciona e que, ao longo do tempo, passa a funcionar. Hoje, ele diz que antigamente os temas que abordava em seu trabalho não interessavam a ninguém, e que agora todo mundo parece se apaixonar por eles. Seu tom é de quem lamenta.

Meu irmão fez um longa-metragem de animação. Vou com Michel a uma projeção do filme e ele adora. Aproveito para lhe contar mil coisas sobre meu irmão, ao longo dos jantares. Naquela noite, estive com meu irmão à tarde e conto para Michel que fazer filmes de animação não era para ele uma vocação, pelo contrário, que ele tem o sentimento de que poderia fazer uma coisa completamente diferente. Michel se interessa pelo assunto muito mais do que eu poderia supor. Acha que, para ele, escrever livros é um acaso.

A publicação de *O uso dos prazeres* e de *O cuidado de si*, segundo e terceiro tomos de sua *História da sexualidade*, deixa Michel um pouco ansioso. Ele abordou um tema que não dominava tão bem antes de começar a trabalhar nele e agora receia que os especialistas reconhecidos, assim como rumores cada vez mais precisos o fazem temer, aproveitem para cair em cima dele. É sempre a mesma coisa: não entendemos como é possível que as pessoas possam não comemorar o lançamento dos novos livros de Michel, que não os considerem uma sorte. Há algum tempo ele me fez compreender que seria uma perda de tempo tentar apaziguar determinados inimigos porque o que as pessoas rejeitam não é tanto o que você faz, e sim o que você é. Ficou sabendo que um fulano disse tal coisa contra ele, demolindo seu trabalho antes mesmo de tê-lo lido. Acontece que o tal fulano é amigo do meu pai, a quem conto a história, surpreso com a conduta desse seu amigo sempre tão impecável. "Vou cuidar do assunto", disse meu pai, que sempre ambicionou ter Michel em seu catálogo. Mais adiante me telefona, tendo claramente resolvido o assunto, fulano não vai criar caso. Relato tudo a Michel e um pouco depois Hervé me conta a que ponto Michel ficou comovido com minha intervenção. Fico perplexo e irritado comigo mesmo: por Michel, eu faria cem mil vezes mais. Não consigo entender como ele não se convenceu disso há séculos.

8

Em cada época, fixamos um dia da semana para que eu vá jantar na rue de Vaugirard, além das reuniões organizadas de vez em quando. Neste momento, é domingo. À tarde, como ainda não tive notícias de Michel e não estou em casa, telefono, pois também combinamos de confirmar o que não necessita sê-lo. Ele diz que foi bom eu ter telefonado, que é preciso cancelar o jantar desta noite porque não se sente bem e será hospitalizado. Não me transmite nenhuma preocupação, meu desejo de não me preocupar com ele quando não posso fazer nada sobrevive ao nosso último ácido.

Na segunda-feira, seu telefone não atende durante o dia, de modo que à noite ligo para Daniel. Ele parece mais ansioso, como, na verdade, também estou. Michel se sentiu mal em casa no domingo e não sabem o que ele tem. Daniel alude ao meu estado na noite anterior. Não entendo. O que aconteceu foi que Daniel me ligou no domingo à noite e não fui eu que atendi, um rapaz riu na cara dele quando pediu para falar comigo e ele imaginou que, como de costume, eu estava em plena viagem de LSD. Não sabe que a época dos ácidos parisienses acabou. Esclareço, sem dúvida discara para outro número, e então é ele que não entende como sei que Michel está internado. Conto a ele. Ele se alegra em saber, pelo meu relato, que Michel concordava com a hospitalização.

A clínica fica a duas estações de metrô da rue de Vaugirard. Faz calor. Michel está deitado de cueca e camiseta, não se levanta. Quando se dá conta de que uma parte do seu saco está para fora da cueca, se ajeita sem graça. Tudo isso me preocupa.

Transferem-no para o hospital Pitié-Salpêtrière, o que tampouco parece um bom presságio, embora seja mais perto da minha casa. Ao contrário da clínica, no hospital não tem televisão. Hervé e eu sugerimos alugar uma para que ele possa ao menos ver a final do Roland-Garros no domingo. Fazemos brincadeiras, Daniel também está, nós quatro passamos uma tarde agradável.

A ideia da televisão ficou para trás, bem como a final do Roland-Garros, que McEnroe, o favorito de Michel, perde depois de ter estado a dois passos da vitória. Parece-me um péssimo sinal. Agora ele foi para a sala de recuperação. Exceto Daniel, com quem falamos todos os dias, as visitas só são autorizadas muito raramente. Além disso, só é permitido entrar na sala coberto de plástico dos pés e mãos à cabeça. Os médicos, pelo que me conta Daniel, não são muito exatos ou mesmo informados, mas percebemos que a situação parece estar se complicando. Contudo, consigo não pensar nela, aprendi a combater minha preocupação com

Michel, só recebo aquilo que não tenho alternativa senão receber. Quando Daniel me conta, no jardim ensolarado do hospital, o mau estado em que está Michel, a quem acaba de ver, e fala de seu temor de que ele não venha a recuperar todas as suas faculdades, toda a minha imaginação argumentativa se desdobra para tranquilizá-lo, com uma eficácia que me contagia. "Entendo por que Michel gosta tanto de você", ele me agradece. E o jardim ensolarado está magnífico em sua luminosidade.

Mas há dias em que Daniel fica mal, e o reconforto por telefone. Às vezes ele inveja a relação que Hervé e eu temos com Michel, tão alegre, como se ele próprio não estivesse à altura. Conheço tão bem o amor de Michel por Daniel que não tenho dificuldade para contradizer essa humildade despropositada, e na verdade sou-lhe grato por expressá-la como uma homenagem, que só ele tem condições de prestar, considerando o estado atual de Michel, à relação que Hervé e eu construímos com Michel.

Já sabem da doença de Michel no *Libération*. Fala-se em aids, como fazemos eu e Hervé, embora a palavra nunca tenha sido pronunciada diante de Daniel, até o dia em que ele me telefona para informar que os médicos lhe asseguraram que "não é aids". Desligo louco de alegria. A única coisa que peço à vida é a vida de Michel.

Volto para casa, onde fiquei de encontrar Gérard depois do almoço. Encontro uma mensagem inquietante de Daniel na secretária eletrônica, pedindo-me para ir imediatamente para o hospital. Peço a Gérard que me espere, receio que

Michel tenha morrido. Temendo que o ônibus fique preso num engarrafamento e sem lembrar que o hospital fica a três estações de metrô, vou para o Pitié-Salpêtrière correndo, pois a mensagem de Daniel parece urgente. Chego encharcado de suor. Já conheço bem o caminho no enorme hospital, encontro o andar certo. Não me autorizam a entrada no corredor, mas vejo um crepe de luto do lado de fora, na altura do quarto de Michel. Daniel vem ao meu encontro para me anunciar o desastre. Tira do bolso um envelope com o testamento encontrado na rue de Vaugirard e me diz para ler, louvando a generosidade de Michel. Sua generosidade para com Daniel me parece a coisa mais natural do mundo. Esse testamento é de uma força sóbria surpreendente, mas, com meu pendor para a angústia, receio que tenha algumas imprecisões. Aprovo tudo o que Daniel me diz. Ele me acompanha até o quarto e se retira delicadamente, supondo que desejo estar a sós com Michel pela última vez. Na realidade, não desejo. Não escolhi essa solidão acompanhada de um cadáver, minha desolação assume a forma de mal-estar.

Não fico sozinho no quarto, pois entra uma amiga de Michel que nunca vi antes, mas de quem ele já me falou. Uma das avós dessa amiga, grande senhora da Prússia, estava num compartimento de trem quando entrou um oficial superior e lhe perguntou educadamente se ela se incomodava de ele fumar. Michel adorava sua resposta: "Não sei. Ninguém nunca fumou na minha frente". Sua descendente explica a Daniel, e indiretamente a mim, ter sentido uma coisa estranha, pareceu-lhe que devia ir imediatamente até o hospital. Parece-me indiscrição, mas, como sua presença aparentemente consola Daniel, engulo uma vez mais meus sentimentos adversos.

Estou a sós com ela diante do corpo. Ela me pergunta se é a primeira morte próxima que me atinge e, quando confirmo, me diz que vou perceber, que vou me acostumar, que é possível viver com essas coisas. Estou como um adolescente diante do primeiro sofrimento de amor, a quem explicam que não é tão importante assim, enquanto o jovem não consegue conceber que coisa mais importante poderia lhe acontecer na vida. Julgando não dar mostras, sou tomado por uma espécie de raiva daquela mulher. Não é só o adolescente apaixonado que põe nas nuvens o objeto de amor: esse morto diante de nós é Michel, qualquer um pode entender que se trata de uma dor fora do comum, que não era fruto da imaginação, um amigo como outro qualquer. Ela fala comigo de forma gentil, me leva de carro até a saída do hospital, mas me abandona assim que chegamos ao bulevar, o que reforça minha má impressão.

Em casa, encontro Gérard; tenho heroína, que tomamos para amortecer o golpe. Ligo para Hervé para lhe dizer que evite ficar involuntariamente sozinho no quarto com o corpo de Michel como aconteceu comigo, isso de repente me parece muito importante, mas não consigo encontrá-lo. Ligo para Thierry para informá-lo, e também para o senhor Marc, com quem não falei mais desde que nos despedimos, depois de nossa interminável caminhada noturna do último ácido. Daniel me pediu para dar esses dois telefonemas para informá-los, ele mesmo dá vários outros, porque ficou decidido não tornar a informação pública antes de o irmão de Michel chegar à casa da mãe deles, no interior, para dar-lhe a notícia. Hervé me liga para saber se pode vir até minha casa, e vem. Não se sentiu mal por ficar no quarto com Michel. Vai embora logo depois.

Há alguns meses, nas noites de segunda-feira, apresento um programa de rádio para jovens. Michel teve inclusive o cuidado de ouvi-lo e de me aconselhar sobre como modular a voz. Esta noite Gérard vai comigo como coapresentador, depois chega nosso amigo Marc; somos quatro, contando Valentin. Esse é o último lugar em que eu gostaria de estar, ainda mais para fazer palhaçadas, que é o que nos diverte no rádio, mas não concebo outra atitude. Além do mais, Valentin, que é ator embora nunca receba nenhum papel, considera o programa importante, como se aquilo pudesse ajudá-lo em sua carreira. O programa transcorre mais ou menos bem, na verdade até que não é ruim concentrar-se em outra coisa, limitei-me a dizer ao técnico que um amigo falecera e que por isso meu humor estava meio esquisito; queria evitar que ele fizesse as provocações que faz de vez em quando, de brincadeira. Passa de uma hora da manhã quando saímos do estúdio. Não tenho a menor vontade de dormir sozinho, quero passar a noite com Valentin, a quem, fiel ao pedido de Daniel para que mantivesse a discrição, nada contei. Ainda mais que não quero constrangê-lo, a morte de Michel não deve ser o motivo de ele dormir na minha casa, mas por outro lado talvez esse seja mesmo o motivo para eu querer tanto. Ele recusa. No dia seguinte, censuro-o por telefone depois de ele ler os jornais, que homenageiam Michel. Ele diz que soubera da morte de Michel, mas, como eu não lhe dizia nada, não sabia se eu estava a par e ficara constrangido com a ideia de passar a noite comigo. Acabo convencido da validade de seu argumento, sem deixar de criticá-lo por me abandonar naquela noite, atitude prejudicial a nossa relação, independentemente de questões morais. O episódio me relembra o incidente idiota que me acontecera um mês antes. Michel dissera à editora que me enviasse seus novos livros e, ao jantar na rue de Vaugirard, não levo os livros para não parecer que quero uma dedicatória. E Michel, que achava que evidentemente eu os levaria, lamentara dizendo que teria gostado de dedicá-los para mim, e entendi que já devia ter na cabeça as frases que queria escrever. Depois disso, só o revi na clínica e no hospital, onde não iria incomodá-lo com isso.

Hervé passa na minha casa à noite depois de ter ido até o hospital com Daniel para algumas formalidades e de tê-lo ajudado com os documentos. Assisto na televisão, com Valentin, a uma partida de França e Espanha, final do campeonato europeu de futebol. Hervé quer conversar comigo, vamos para o meu escritório. Ele me conta que Michel morreu de aids, oficialmente. Valentin nos interrompe para dizer que os franceses acabam de marcar o gol da vitória e pergunta se quero ver a reprise. Não. Ele sai. Não sei o que dizer a Hervé. Para mim, tanto faz Michel ter morrido disso ou daquilo. Foi anteontem. É só o que tenho na cabeça. Mas esses médicos, francamente. Por que falar, se não sabiam o que dizer? Fico irritado com eles como antes com a descendente da mulher diante da qual ninguém nunca havia fumado, e que não me levara até em casa.

Hervé e eu passamos a noite com Daniel. Ele nos fala sobre a cerimônia. O velório será pela manhã no necrotério e depois o cadáver será transferido para a cidadezinha onde mora a mãe de Michel, para ser enterrado. Muitas pessoas irão até lá de carro, não faltará quem nos leve. Uma coroa de flores será enterrada com Michel, com a frase "pois que na vida de Michel, além do amor, também a amizade contava", ele decidira que estariam os nomes de nós três. O gesto me comove, parece-me de uma generosidade infinita. Vê-se que ele é o herdeiro de Michel.

Daniel organiza também a viagem final até o cemitério. Ele estará no mesmo carro que Hervé e François Ewald, assistente de Michel no Collège de France; eu e Thierry iremos em outro. Num instante, me sinto angustiado. Com Daniel e Hervé, claro que eu iria ao enterro em boa companhia, mas com Thierry, que já nem vejo mais, e um motorista desconhecido que além do mais teve a indiscrição de difundir a informação da morte de Michel – que Daniel julgara ser seu dever comunicar a ele assim que ocorrera – a uma pessoa do jornal onde trabalho, que em seguida me telefonara muito surpreso por não ter recebido de mim essa informação! A perspectiva me aterroriza, percebo-a como um castigo. Decido não ir, de consciência pesada. Escrevo uma carta para Daniel, mas já é quase tarde demais para que ele a receba. Hélie se oferece para levar a carta até o outro lado de Paris, já que Daniel mora perto da rue de Vaugirard, e aceito com gratidão exagerada. Espero que Daniel não leve a mal. Hélie volta e me conta que o encontrou no vestíbulo de seu prédio e que lhe entregou a carta, explicando do que se tratava. Daniel não atribuiu nenhuma importância negativa a minha ausência, claro que eu não devia ir, se era difícil para mim.

O *Libération* prepara para o dia do enterro um número em homenagem a Michel. Uma historiadora que Michel respeitava vem trazer seu artigo. Não tenho lembrança de ela saber de nossa amizade, e ela me diz: "É amargo, não?", sem acrescentar mais nada, e penso que a palavra convém. Hervé me envia um texto de que Michel havia lhe falado, em que conta de sua paixão por Daniel, a fim de que eu o faça chegar ao jornal, julgando que sua publicação possa dar uma alegria a Daniel, e dar uma alegria a Daniel é o máximo que podemos fazer agora por Michel. O texto é publicado.

O velório se realiza cedo no necrotério, lugar naturalmente sinistro. Gérard e Hélie passam em casa para me buscar e ir comigo até lá, e aceito grato a proposta que nunca teria ousado sugerir. Essa morte é um desastre para todo mundo, é generoso dar-me um tratamento especial. Há uma multidão. De repente, meu pai aparece e me abraça sem dizer nada, acho que foi a única vez que o fez. Gérard encontra várias pessoas que conhece porque frequentavam a casa de Michel na época em que Thierry morava na rue de Vaugirard e ele próprio já passava o tempo inteiro lá. Fico com medo de ser arrastado pela multidão, mas Daniel nos vê e nos leva para perto dos mais chegados. Um amigo de juventude de Michel está aos prantos, de lenço na mão, não para de soluçar, o que me irrita pois não estou chorando, nem mesmo Daniel. Sinto um alívio por ter voltado a ver Michel bem, depois de tê-lo visto tão mal com o ácido. As coisas acontecem rapidamente. Em seguida, para um público restrito, Gilles Deleuze, amigo reencontrado de Michel, diz algumas palavras que me perturbam. Depois nos separamos. Hervé, Daniel e Thierry vão para seus carros, eu volto com Gérard e Hélie. Acabou.

Daniel me conta que um professor muito antigo de Michel, comovido com minha dor no velório, deseja me ver, e me dá seu telefone. Telefono e vou até lá. Ele é muito simpático e se esforça para me consolar. Torno a vê-lo. Ele, que já tem mais de oitenta anos, me fala da sorte de Michel em morrer ainda jovem, tendo aproveitado a vida e escapado da velhice. Me fala de amor. A sexualidade já não o ocupa nem preocupa, claro, mas gostaria que eu lhe desse um beijo. Faço o que ele pede, quase nem sinto vergonha. Sem dúvida, meu corpo também está à deriva.

Janto com Hervé e ele me conta que uma amiga acaba de quebrar o braço, coitada. Diz isso num tom cerimonioso que me faz cair na risada, pois como iria achar que o fato o afeta? O que há de mal num braço quebrado? E ele se contagia com meu riso, é nosso melhor momento desde a morte de Michel.

Mas se tanto eu soubera consolá-lo durante a hospitalização de Michel, cheio de hipóteses otimistas que não eram o forte de Hervé, tanto a situação se invertera a partir da ocorrência da morte. Enquanto me esforço para não afundar, Hervé cuida de Daniel, convida-o inclusive para ir à ilha Elba, a esse monastério que adora, que considera uma espécie de lugar mágico, sua rue de Vaugirard. E vou até o fundo, não entendo nada do que está acontecendo. Finalmente havia visto minha calamitosa adolescência infinita chegar ao fim para mergulhar na vida, compreendera que os seres humanos compartilhavam o mesmo planeta e tinham, assim, um certo grau de acessibilidade, que simplesmente a felicidade era possível, e, de repente, é como se essa descoberta, ultrapassada, já não tivesse importância alguma. Daqui para a frente é preciso esperar menos da existência. Eu achava que havia atingido algo eterno, e esse eterno se esquivara. Eu achava que era a vida e era a juventude.

ELES

1

Nos vinte anos da morte de Michel, o *Libération* publicou um caderno especial que trazia uma longa entrevista com Daniel. Nela, ele explicava como as circunstâncias daquela morte, ou seja, o modo como os dois haviam sido tratados no hospital, como ele próprio fora mantido à parte da doença de Michel, haviam-no levado a criar a Aides, primeira associação na França para ajudar os doentes de aids. Um médico o dissuadira de achar que Michel estava contaminado dizendo-lhe que, se fosse esse o caso, também o teria examinado. Daniel afirmava que, como Michel não tomara a iniciativa de dizer que tinha aids, não cabia ao médico intrometer-se. "Eu tinha um problema a resolver: não falar por Michel, mas não deixar de fazer alguma coisa." Eu gostaria muito de encontrar um modo de agir, de escrever, como fez Daniel, desde o tempo em que quero contar da rue de Vaugirard.

Na entrevista, Daniel dizia também que Michel fora impedido de ver quem ele queria no hospital, nem Gilles Deleuze, nem Georges Canguilhem, nem eu. Telefonei a ele para agradecer por me incluir entre nomes de tanto prestígio, porém não pude deixar de dizer que aquilo não era verdade e que, naturalmente, eu tinha visto Michel no hospital. "Eu sei", ele me respondeu, "mas eu fazia questão de que você entrasse naquelas páginas."

Muito antes, na época em que escrevi sobre o trabalho de Hervé, eu havia falado dele a Michel destacando todas as liberdades que Hervé tomava em seus textos relativamente a fatos que eu havia testemunhado, e ele me respondera: "Só acontecem coisas falsas com ele". Gostei tanto dessa frase que a repeti a Hervé, que a citou em *Para o amigo que não me salvou a vida,* atribuindo-a, contudo, a Daniel. Como a frase aparecia numa página na qual tudo o que ele contava não correspondia ao relato que ele me fizera na época em que os acontecimentos haviam se passado, achei, inicialmente, que essa disparidade fosse proposital, uma maneira de amarrar o relato. Ele me disse que não, deixando-me um pouco incomodado por ser excluído, sem motivos, daquilo que era também uma relação de nós três, Michel, ele e eu. Era como se as coisas falsas contaminassem as verdadeiras, como se a literatura se apropriasse de uma verdade que, com isso, deixava de ser uma verdade, tornando-se fictícia porque permanecera sendo apenas real.

Certa vez, Michel achara curiosa minha relação com o real. Eu dizia a ele que Thierry mentia e, como a palavra não lhe parecia apropriada, busquei dar um exemplo. Quando viajávamos os dois pela Austrália, onde eu fora visitá-lo depois que ele interrompera lá sua volta ao mundo, ele afirmara que tínhamos bastante gasolina para a próxima etapa da viagem, o que era totalmente falso, e teríamos ficado sem combustível em campo aberto, em pleno *bush*, se não tivéssemos encontrado por milagre um posto no caminho. O exemplo não convenceu Michel. Eu admitia que, nesse caso, minha relação com o real refletia minha angústia quanto às extensões infinitas da Austrália e ao fato de Thierry ser mais resistente do que eu. Se o exagero viesse de mim, teria sido feito em sentido inverso; eu teria afirmado que nosso combustível só dava para pouquíssimos quilômetros, e evidentemente teria negado se alguém me acusasse de mentir. Mas também tenho tendência a dizer "Menti" em vez de "Me enganei", "Posso roubar seu lápis por um minuto?" em vez de "Me empresta?", porque é assim que gosto de brincar com a língua, como meu irmão adolescente dizia que era preciso "comer os remédios", que é o que todo mundo faz, só que ninguém diz dessa forma. Gosto de injetar um pouco de inadequação, de brutalidade na linguagem porque não consigo evitar que, seja qual for a situação, mesmo a mais delicada, a brutalidade e a inadequação sejam sempre a melhor maneira de descrevê-la. O universo inteiro não passa de eufemismo.

Eu nunca poderia ter dito o que Daniel me respondera e que eu tanto admirava. Creio que, em minha família, jamais alguém poderia distorcer uma verdade para chegar a outra, como ele fizera. Quando um autor de outra editora enviava um livro a meu pai, ele tinha o cuidado ou de agradecer antes de ler ou de responder com uma frase de duplo sentido ("Espero que seu romance tenha o sucesso que merece").

Assim, atendia ao mesmo tempo à educação e à honestidade. Durante anos, sua atitude me impressionou, até que, ao trabalhar num jornal, passasse a receber por minha vez romances de autores que mal conhecia, que a ideia de escrever sobre eles se tornasse mais concreta e eu achasse descortês uma cortesia que transformava os livros em produtos como os outros pelos quais agradecíamos, por exemplo, caixas de chocolates. Um belo dia, comecei a responder a essas remessas falando de minha alegria ao ler os textos, felicitando seus autores. Num instante, desisti. Porque, quinze dias depois de optar por essa nova estratégia, encontrei na rua um desses autores, que me agradeceu por sua vez por ter escrito e começou uma conversa sobre seu livro, que na verdade eu não lera. Não me lembrava sequer do título e foi uma dificuldade conseguir escapar da situação sem constrangimentos. Abandonei minhas veleidades de educação superior e voltei miseravelmente à honestidade.

Se eu era neto de procurador, meu pai era filho, e o adolescente que sobrevivia em mim encontrou outro modo de levar adiante sua competição ética. Ao ler a biografia de Racine escrita pelo seu filho, impressionou-me o episódio em que ele briga com Boileau e os dois escritores se agarram cada um à própria opinião, até que Boileau pergunta se Racine quis magoá-lo, ao que o autor de *Andrômaca* responde que certamente não. “Então o senhor está equivocado, porque acaba de me magoar”, diz Boileau. Ora, meu pai atribuía uma importância considerável ao fato de ter razão, dizendo que seu êxito profissional só podia reforçar isso (ele tivera razão contra todos ao publicar autores rejeitados ou desprezados), e não levava suficientemente em conta, creio eu, a possibilidade de estar errado. Quando Pierre Bourdieu e ele se desentenderam – o que alguém me descreveu como uma ruptura de velho casal em que as motivações específicas não passavam de pretextos supostamente racionais diante de um outro mais geral e menos controlável, "eles não se aguentam mais" –, meu pai me contou diversas vezes sua versão. Inevitavelmente, aparecia a frase que Bourdieu teria lhe dito, exasperado: "Claro, você sempre tem razão". E, como se só tivesse acesso a um único campo, meu pai a citava como se Bourdieu tivesse dado um tiro no próprio pé. Ele não devia ser tolo, mas julgava que eu pudesse ser. Essa obsessão também estava presente na vida familiar. Sem dúvida, estava convencido por este provérbio que somente encontrei, "em francês no original", nos romances de Tolstói: "*Qui s'excuse s'accuse*".[1] Ele nunca se escusava, mas, se o fizesse, seria sem motivo, por uma espécie de grandeza ostentatória da alma. Não era questão de poder ou de virilidade, mas de honestidade. Já que tinha razão. E a construção de seu catálogo de editor provava, contudo, que ele sabia fazer de sua sensibilidade o hábil complemento de sua inteligência.

O que eu mais gostava na mentira de Daniel era sua simplicidade, ele tinha razão de mentir porque era a melhor maneira de dizer uma verdade sem fazer mal a nada nem a ninguém, era apenas outra verdade sem importância.

1 Quem se escusa, se acusa. [N. T.]

Por conta das necessidades da imprensa, o dossiê saíra um pouco antes da data e telefonei para Daniel no dia do aniversário da morte de Michel. Ele não parecia bem ao telefone e aconselhei-o a chamar um médico. Um pouco preocupado, voltei a ligar no dia seguinte em busca de notícias, insisti em que ele chamasse um médico e propus passar um pouco mais tarde. Quando cheguei, o médico tinha acabado de sair e ficou provado que ele fora mesmo necessário, agora a situação estava melhor, mas tinha sido por pouco. Não era a primeira vez que eu voltava à rue de Vaugirard desde a morte de Michel; essas idas, porém, eram raras e não me deixavam nenhuma marca. Quando volto a pensar no apartamento, inevitavelmente vejo-o tal como Michel o arrumara, aquele onde morei. Na pilastra onde antes ficavam as três fotos de Daniel, agora estavam três de Michel, dispostas do mesmo modo e igualmente alegres. No mais, constatei que a organização do espaço estava diferente, mas ainda era a anterior que permanecia inscrita em mim. A verdade de agora não alcançava a intensidade da anterior. Para mim, tudo o que faz Michel sobreviver está bem. Ali fora a minha casa, não era mais. No entanto, no que diz respeito a Michel, acontece muitas vezes de eu continuar achando que ali é a minha casa. Quando ele vivia, "minha casa" não parava de crescer. Evidentemente, é ele quem me vincula a Daniel, nós que nunca passamos uma noite sozinhos enquanto Michel viveu, que sem dúvida nunca tivemos vontade de fazê-lo, e que hoje ficamos felizes toda vez que nos encontramos, porque sabemos que podemos falar de Michel com conhecimento de causa, porque tivemos a sorte de conhecê-lo, porque o afeto que ele tinha por nós e nós por ele nos mantém, tanto quanto ele nos é agora acessível, em nosso privilégio, depois daquela triste noite de sua morte – nosso 4 de agosto.[2]

A amizade de Michel é uma das coisas que mais me dão orgulho nesta vida. A cada vez que me apaixono, quando sou tomado de generosidade potencial, sofro com esta impossibilidade: não posso proporcionar um encontro com Michel. Mais de quinze anos depois de sua morte, quando contei a meu pai que acabava de fazer um registro de união civil com Rachid, ele me respondeu, gentil, que estava feliz por mim, mas não disse mais nada, não sugeriu um encontro. Talvez coubesse a mim propor. Mas ele não perguntou nada. Minha vontade de apresentar os dois também não devia ser muito grande, já que não insisti. Sabia que de todo modo seria complicado, que, embora meu pai fosse um homem de cabeça aberta, a família o freava. Raros são aqueles que desejam ter a oportunidade de conhecer os sogros ou o genro. Rachid era um deles.

Depois da morte de Hervé, isto é, bem depois da de Michel, com o avanço das pesquisas, cedi à insistência de meu médico, que queria que eu fizesse um teste de HIV, eu que, até aqui, me contentava em agir de modo a não contaminar ninguém, caso estivesse contaminado, e não me contaminar, caso não estivesse. A angústia inerente à

2 4 de agosto de 1789: a Revolução francesa aprova, por intermédio de sua Assembleia Constituinte, o fim do sistema feudal e a abolição de todos os seus direitos e privilégios. [N. T.]

espera do resultado aumentava porque eu não conhecia ninguém ao meu redor que tivesse feito o teste e tivesse recebido um resultado negativo. Fui, então, o primeiro. Quando o comuniquei a Bernardo, que tinha motivos para se interessar pelo resultado, ele me disse para contar aos meus pais, que certamente estavam preocupados. Isso não me passara pela cabeça. Por outro lado, nada na conduta deles me levara a pensar em fazê-lo. Telefonei para o meu pai e ele não disse nada, seu silêncio me constrangeu, assim como minha frase devia tê-lo constrangido. Nunca mais voltamos ao assunto. Meus pais sabiam o motivo das mortes de Michel e Hervé, sabiam de minha intimidade com eles, talvez pensassem que ela não passava pela cópula, mas nada lhes permitia ter certeza disso. Eles, que lidavam com a angústia de forma tão costumeira (quando adolescente, impressionou-me a dedicatória que Robbe-Grillet fez para eles em *O ciúme*, na qual os elevava ao nível de "maravilhosos companheiros de angústia"), que sabiam geri-la tão maravilhosamente bem, não queriam ouvir falar nela. Como eu fazia parte da família, com certeza não alimentavam nenhum interesse doentio pela situação, nessa proximidade exagerada, mesmo no seio da família, que é a filiação. O deles era simplesmente um desinteresse sadio, como se rechaçassem a fatalidade, englobando na mesma *terra* desejada pelo maior tempo possível *incognita* a doença, a homossexualidade e a própria angústia.

Meu pai, que na juventude estudou com paixão a cultura hebraica, me disse em duas ocasiões durante a minha juventude que era preciso interpretar a maldição divina no sentido inverso do que estávamos acostumados a fazer. Quando um homem é amaldiçoado na terceira geração (e não "até a terceira", ele precisava), a maldição é bem mais severa do que se fosse na sétima. Pois o sentido, pelo que ele me contava, é que a descendência desse homem se interromperá na terceira ou na sétima geração; é nisso que consiste a maldição. Num romance, inventei um escritor cuja obra principal tem como primeira frase estas palavras: "Ter filhos para não precisar escolher a quem amar", e penso que na realidade essa é uma motivação para que se acumulem as gerações. Meu pai, que gostava de controlar tudo, colocou-se numa situação incontrolável ao ter filhos. Escolher era seu ofício, seu orgulho, seu poder e sua vida. Mas não escolhemos os filhos. Circunstâncias particulares fizeram que, de acordo com sua maneira de calcular, fosse amaldiçoado na segunda geração. Seus únicos netos eram os filhos do meu irmão, que não queria que o avô tivesse contato com eles. Meu pai tocou no assunto mais uma vez um dia em que almoçávamos perto da Minuit. Eu o aconselhava a insistir menos, dizendo que sua pressa acabava travando meu irmão, e que só lhe restava esperar que as crianças crescessem e decidissem por si mesmas se queriam encontrá-lo ou não, e vi sua expressão, combinada a um movimento de braço que manifestavam o caráter incerto, para ele, de tal perspectiva. Eu ainda não compreendera que, para ele, o tempo era um inimigo. Michel morrera de aids, Hervé morrera de aids, Hélie também, tantos outros ao meu redor, amigos, amantes – eu até esquecera que esse não era o único motivo para alguém morrer, embora tivesse sido uma queda do sexto andar a causa da morte de Valentin. Para mim, meu pai fazia um drama, prática à qual ele não estava, contudo, familiarizado em sua vida privada, apesar de exercê-la no campo profissional.

Quando meu avô morreu, um mês depois de comemorar seus noventa anos ao lado de todos os filhos, netos e bisnetos, meu pai me dissera que era uma vida feliz a que chegava ao fim naquela idade sem ter visto morrer nenhum de seus descendentes. Muito tempo antes, na época em que meu avô ainda estava com saúde e em que meu pai ainda devia alimentar um certo sentimento de competição com ele, meu pai me contara um caso que fizera muito barulho na época e no qual meu avô, embora procurador, pedira a absolvição para uma mulher que matara o marido, figura pública que a humilhava e martirizava. Nós, netos, tínhamos a imagem de nosso avô como um procurador inflexível, porque ele atuara contra os colaboracionistas e obtivera mais penas de morte do que qualquer outro magistrado, e no episódio ele se destacara pela clemência. Meu pai, para diminuí-la, dissera que meu avô só tinha agido daquele modo por respeito à família, como se fosse uma noção totalmente estranha ao meu pai, como se ele não se reconhecesse nela. Michel, pelo contrário, me falara da mesma história destacando na ocasião a coragem do meu avô com um trejeito de admiração (projetando o lábio inferior), familiar mas pouco frequente, que ele fazia ao comunicar um ato que o impressionara.

Meu pai morreu quinze anos mais jovem do que seu próprio pai, sem ter visto nenhum de seus descendentes morrer, mas sem tê-los visto viver tampouco, com exceção de seus próprios filhos. Ao contrário dele, seus pais adoravam fazer reuniões às quais, supostamente a contragosto, ele sempre ia, como nos noventa anos do meu avô, quando me confundi com as conexões do metrô e quase me atrasei, de modo que, mesmo assim, percebera o alívio de meu pai ao ver-me enfim chegar ao apartamento sem estragar a festa. Ele preferia que eu fosse almoçar em vez de jantar para não ter que escolher se aproveitava minha presença ou se deitava na hora habitual, e nunca ninguém organizou reuniões com os filhos na casa dos meus pais. Se ele tivesse agido de outra forma, talvez as relações tivessem sido diferentes e meu pai tivesse conhecido os netos. Ele amava a família, mas não a vida familiar. Da família de Michel, eu conhecia somente um sobrinho que encontrei certa vez na rue de Vaugirard. Quando Michel morreu, ouvi falar no irmão dele, que assumiu as rédeas da situação e fez a viagem do hospital a Vendeuvre para dar a notícia à mãe. O pai fora médico, figura importante no interior, e para mim a família de Michel era um pouco como a de Flaubert. Para o meu pai, e eu tinha parte no assunto, as coisas não haviam saído como previsto. Uma coisa dera errado para ele: sua família, sua descendência.

A homossexualidade transformou as regras. A intimidade trocou de campo. Não foi possível haver solidariedade familiar no sentido mais estrito, da minha ascendência para minha descendência: desse ponto de vista, continuei sendo o único filho que existiu entre meus pais e mim. Com isso restou o afeto, mas a intimidade entre nós se tornou obscena, desorientada entre a infância e a sexualidade, tendo perdido contato com a realidade, mais falsa do que as coisas que aconteciam com Hervé. Ela ficou ao mesmo tempo circunscrita e ampliada a minha família de amigos, essa família fictícia que se tornou a verdadeira, como se eu tivesse enfim descoberto, depois de uma longa busca, meus amigos biológicos. E nenhuma maldição daquela ordem atingiu essa intimidade, ela se transmite ao longo das gerações, de modo que a relação que me une a Daniel é uma relação que nós dois herdamos de Michel.

2

Eu nunca incomodava Michel. Claro que incomodava, mas ele fazia questão de não deixar transparecer nada. Até o fim, quando estava à beira da morte e o que mais desejava era dar a última demão em seus livros, atendia quando eu telefonava e nunca adiava ou encurtava a conversa. Às vezes eu me irritava com meu pai, que não tinha os mesmos escrúpulos. Quando telefonava para ele na editora, quase sistematicamente tinha a sensação de estar roubando o tempo dele, e não somente o dele, como se o interrompesse no meio de decisões que definiriam o futuro do mundo, pelo menos o literário. Esse estado permanente de defensiva encobria a eventual dificuldade, minha ou dele, por medo ou delicadeza, de estabelecer uma conversa mais íntima. Afinal, muitas vezes o afeto ocupa o lugar da intimidade nas relações familiares.

Na época em que Hervé morreu, acontecia o mesmo. Quase sempre eu deixava a ele a iniciativa de telefonar, ele que escolhesse os momentos, mas sempre que eu ligava, era bem-vindo. Desse ponto de vista, bem como de alguns outros (quando me mudei, alguns meses antes de sua morte, ainda em tempo de ele poder subir ao quinto andar sem elevador, ele me disse, depois da inspeção sumária, que estava feliz por me ver morando num lugar tão agradável, pensamento, generosidade, que me pareceram de uma outra idade, que eu teria de envelhecer para saber possuir), embora fôssemos da mesma geração, Hervé adquiriu uma maturidade tão desmedida em relação à minha, que era um pouco como quando, em *Em busca do tempo perdido*, depois da morte da avó, a mãe se torna a avó, para o narrador. Para mim, havia algo de Michel em Hervé.

Mas foi preciso tempo: quando Michel morreu, ainda não estava previsto que Hervé morresse. "Eu vou morrer": essa é a frase mais banal do mundo, que pode ser dita por qualquer um, em qualquer momento e que, sempre, assume um caráter dramático. Sua imprecisão temporal subentende misteriosamente como entrelinha uma imediatez fatal. Quando o herói de um filme policial ou Jack Bauer em *24 Horas* a pronuncia, lembro-me de Hervé, que nunca a disse para mim. É uma violenta ocorrência francesa do presente progressivo inglês. *As he lays dying*. Nessa visão faulkneriana de Hervé, em *Enquanto agonizo*, identifico-me, inexplicavelmente, ao *enquanto*, aquele que não vai morrer e mesmo assim faz a saudação e que, claro, mesmo assim morrerá. A frase dita pelo duque de Guermantes a Swann moribundo para não estragar a noite, aquele "Você nos enterra a todos" de um gosto duvidoso que Proust destaca não é, afinal, mais do que um sinônimo de *enquanto*. *Enquanto sobrevivermos*. A morte é o grande inconveniente.

Um ano depois da morte de Michel, Hervé e eu passamos um curto período brigados. Por quê? Porque ele não parava de me incomodar. Eu escrevia, com uma emoção que me fazia bem, um romance suscitado pelo luto. A morte de Michel havia multiplicado meu consumo de heroína e eu escrevia o livro, no qual, contudo, tentava narrar os efeitos do ácido, usando o pó. Havia inventado que cada dose tinha de ser eficaz, que tinha de servir para eu avançar no romance, e Hervé me telefonava sistematicamente quando eu estava no meio do trabalho. Claro que já havia explicado isso algumas vezes a ele, até que um dia ele me achou mais seco e me mandou para o inferno. Sem me dar conta de que a heroína provocava em mim uma irritação quase permanente, fiquei pasmo por um acontecimento tão singelo provocar aquela reação, mas não me inquietava, seguro que estava do nosso afeto. Ligaria para ele no momento oportuno, quando meu romance já não se interpusesse entre nós (quando ficou pronto, seria, dos meus livros, o preferido de Hervé). Outra coisa me impedia de achar que nossa desavença perduraria, e sabia que para ele era igual: nossa relação fora iniciada por Michel, nunca ousaríamos ter uma briga séria se ele ainda estivesse vivo e estava fora de questão aproveitar sua morte para nos desentendermos – teria sido vergonhoso de todos os pontos de vista. Depressa nos reconciliamos, depois de um encontro casual na rua, embora o instrumento da reconciliação tivesse sido um jantar ao qual ambos chegamos antes da hora, sentando-nos cada um numa ponta do restaurante, de onde não podíamos ver-nos, de modo que cada um achou que o outro não tinha ido, até que me levantei para ir ao banheiro e vi, enfim, Hervé, crente que meu atraso era na verdade uma vingança, logo eu que, como meu pai e meu avô, longa tradição familiar, nunca me atraso.

Alguns anos depois, passamos dois anos juntos em Roma na Villa Medici. Foi uma ideia de Hervé, que já ganhara uma bolsa de dois anos na primeira vez em que a pleiteara, enquanto eu não havia conseguido na primeira vez e só a obteria, com a mesma duração, no ano seguinte (ele ficou na Villa um terceiro ano, acompanhando-me, quando não era mais residente). Cheguei a Roma levando todos os livros de Thomas Bernhard com tradução francesa: só descobrira o escritor austríaco alguns meses antes, estava fascinado e, imaginando escrever um texto sobre ele, queria estar com tudo à mão. Meu entusiasmo era o que faltava a Hervé para fazer o mesmo, e começou pedindo um livro emprestado, que devolveu para pegar outro, e assim sucessivamente, até ter, por sua vez, lido praticamente todos os livros de Thomas Bernhard, a quem fazia, rindo, críticas que sua ânsia em devorá-lo desmentia. Alguns meses se passaram e Hervé me disse que queria me dar um manuscrito para ler. Essas leituras eram um elemento forte de nossa relação. Ele sempre estava interessado em minhas eventuais observações sobre seu trabalho, mas no caso havia uma preocupação suplementar. Li em seguida o romance que ainda não se chamava *Para o amigo que não me salvou a vida*, mas ao qual Hervé dava o título provisório de *Pends-toi Bill!*,[3] uma das últimas frases do livro, para

3 Enforque-se, Bill! [N. T.]

realçar seu caráter agressivo e retirar-lhe ironicamente o tom solene.

Adorei o texto, o que o deixou satisfeito. Mas sua preocupação teria sido menor se fosse apenas literária: ele temia que eu visse problemas – e eu era especialista no assunto –, de um ponto de vista mais ou menos moral, no fato de ele usar Michel como personagem. Ora, Michel era justamente um dos elementos do livro que me comoviam, que considerava excepcionalmente bem-sucedido – de fato, era ele. Hervé perguntou se eu não tinha observado mais nada. Como eu era fanático por Thomas Bernhard, ele temia que eu considerasse ridículo o modo como ele se apropriara do estilo do escritor: nesse aspecto, mais uma vez, o suposto especialista que eu era não havia identificado o vírus TB existente naquelas páginas. Passamos uma noite particularmente alegre.

Hervé sempre esperara que a literatura lhe desse também sucesso comercial, mas seus dias para produzir um *best-seller* ainda em vida estavam contados, aquele texto com certeza seria a melhor ocasião para que isso acontecesse. Ele queria apostar tudo naquele livro. Brigara com meu pai e saíra da Minuit sem que nenhum dos dois tivesse tentado me envolver na disputa. Naquele momento, pediu-me para apresentar o manuscrito ao meu pai, já que eles não se falavam mais, o que aceitei sem reticência, feliz de ser o instrumento por meio do qual um texto como aquele chegaria à Minuit.

Quando voltei a falar com meu pai, depois de ele ler o texto que agora se chamava *Para o amigo que não me salvou a vida*, ele começou, sem grande emoção, a fazer observações sobre o estado do manuscrito, com numerosos erros grosseiros de ortografia. Aquilo me irritou, já que eu havia lido aquelas mesmas páginas sem reparar no problema, levado pela paixão de minha leitura e, sobretudo, porque aquilo me parecia um detalhe quase de mau gosto diante da força do livro. Comecei por me manifestar um tanto secamente, o que meu pai tomou sem dúvida como reação compreensível diante da perspectiva da recusa do livro, até que me expressei mais claramente, dizendo que me espantava o fato de acentos circunflexos (pois o imperfeito do subjuntivo era uma mina de erros no manuscrito) serem tão mais importantes para ele do que a morte de Hervé. "A morte de Hervé?", perguntou meu pai. Estava surpreso, quase desconcertado. Eu seria capaz de jurar que aquela foi a única vez em sua vida em que ele sugeriu espontaneamente uma segunda leitura.

De fato, como o narrador diz na primeira frase do livro que achava que estava com aids havia três meses, meu pai não julgara tratar-se de um relato autobiográfico. Não imaginara que Hervé estivesse doente. Achei aquilo louco e de mau augúrio, pois uma segunda leitura não poderia fazer reaparecer tudo o que a primeira não trouxera. Ao mesmo tempo, estava fascinado. Qualquer um, lendo aquele livro, sentiria a emoção da morte próxima do autor, mesmo um leitor de décima categoria teria competência suficiente para perceber isso. E meu pai não se dera conta, justamente porque era um leitor excepcional. Estava tão do lado da literatura que não precisava de vínculos factuais com a realidade nem de nenhum elemento explicitamente autobiográfico para avaliá-lo, não apenas era capaz de abstrair esses fatores como, até, tinha dificuldade para agir de outra maneira. Aquilo também me dizia alguma coisa a respeito de nossa relação, minha e dele. E será que eu também não teria feito uma leitura semelhante se não fosse tão próximo de Hervé?

Já no dia seguinte, feita a segunda leitura, meu pai manteve sua recusa. O editor espanhol que traduziu meus primeiros romances me contou que na parede de seu escritório havia um desenho de Saul Steinberg onde se vê um editor conversando com um autor e, como acontece muitas vezes em Steinberg, as frases pronunciadas formam elas próprias algumas palavras. Nesse desenho, todas as explicações, todos os elogios do editor também escrevem a palavra "NÃO". Eu nunca sabia se as motivações financeiras ou teóricas fornecidas por meu pai numa situação daquelas tinham algum valor, se ele as utilizava para falar de um problema crucial para ele, que contava com um público cativo, ou se agia assim para proteger o amor próprio do interlocutor, a quem teria sido pior dizer simplesmente que, se estava recusando seu texto, era por não ter gostado. No caso de *Para o amigo que não me salvou a vida*, ele priorizou os motivos morais, a memória de Michel Foucault. Fiquei chateado por duas razões. Por um lado, não via como a memória de Michel estava sendo minimamente atacada pelo texto de Hervé, que, ao contrário, a meus olhos, realizava a proeza de ressuscitar Michel tal como ele era, e sendo ele como era, essa era a maior homenagem que alguém podia lhe fazer. Por outro lado, eu achava de uma incongruência chocante alguém, fosse quem fosse, com exceção de Daniel, eventualmente, se apresentar como defensor da memória de Michel contra Hervé. Para mim, toda crítica feita desse ponto de vista era uma usurpação. Mas transmiti a resposta a Hervé, que se virou para encontrar outro caminho – e melhor.

A recusa de meu pai não fora completa. Ele me disse que não poderia assegurar o êxito do livro, decidido a não obtê-lo por meios que eram, de alguma forma, extraliterários, acrescentando que, claro, se nenhum outro editor aceitasse publicá-lo, ele o faria. Essa era uma frase rotineira para ele, pois manter uma relação de força era um dos prazeres de seu ofício, e o autor que decidisse ceder ficava de pés e mãos atados (de modo que isso nunca acontecia, com meu pai reunindo as condições para deixar de travar um combate que, vencido de antemão, já não o divertia). No caso, esse desenvolvimento era inverossímil: claro que Hervé não teria a menor dificuldade em encontrar um editor para *Para o amigo que não me salvou a vida*. Me incomodou meu pai apresentar como uma generosidade o que eu considerava um abuso de poder. Mas era uma de suas forças, estar de tal modo sintonizado com sua função, nunca se afastar dela de bom grado, a tal ponto que meus telefonemas podiam perturbá-lo e que tudo que dissesse respeito a conveniência fosse descabido no campo da literatura: tratava-se ali de um absoluto moral. Lembro-me de sua perplexidade ao contar que, numa de suas visitas regulares a Beckett, propusera ao amigo dar um fim em todos os manuscritos que ele recebia e que deviam atravancar seu espaço tão despojado. "'Não é preciso, eu jogo na lixeira', me respondeu Sam", relembrou meu pai, e ele, que venerava Beckett, ficou boquiaberto. De algum modo, faltava-lhe encontrar uma maneira radical de não ser incomodado – ele sempre temia isso, e temer já era uma forma de incômodo.

Alguns meses depois da morte de Michel, entrevistei para o *Libération* Simone Signoret, que acabara de publicar um livro, que eu lera porque Michel e ela eram próximos. Ele costumava falar dela com afeto e os dois se encontravam frequentemente na época em que Thierry vivia com Michel, mas eu nunca a encontrara e agora desejava vê-la, por uma espécie de transitividade das relações, por interposta amizade; talvez fosse por isso que gostara do livro dela. Simone Signoret morreria no decorrer daquele ano, além disso estava quase cega, de óculos escuros, e eu a guiava emocionado levando-a do café até a casa dela depois da entrevista. Enquanto atravessávamos lentamente a praça, um homem jovem e simpático se aproximou dela com uma caderneta e uma caneta na mão. Ele lhe pediu com a maior educação do mundo, forte sotaque estrangeiro e pronúncia lenta: "Por favor, será que a senhora aceitaria assinar um autógrafo para mim?". E delicadamente pôs a caderneta numa das mãos dela e a caneta na outra, enquanto ela respondia sorrindo: "Aceitaria, com muito gosto". Nesse momento, sua amizade com Michel me pareceu óbvia, e gosto de pensar que, no fim das contas, o sucesso de *Para o amigo que não me salvou a vida* na Gallimard correspondeu exatamente ao que meu pai queria.

3

No livro *Senhor Proust,* em que relata suas aventuras de pequena governanta do grande escritor, Céleste Albaret diz que o autor de *Em busca* a ajudou durante um bom tempo depois de sua morte. Seus potenciais empregadores, quando ficavam sabendo quem ela era, precipitavam-se em sua direção. E desde a minha primeira leitura desse texto, quando ignorava que um dia viria a conhecer Michel, compreendi bem isso. Também sentiria por ela uma predisposição particular, como se, fazendo algo por ela, fizesse alguma coisa por Proust. Tenho, pelos escritores cujos textos admiro, um reconhecimento pessoal que seria maravilhoso poder expressar.

Quando Michel estava vivo, sempre fui discreto quanto a nossa relação, divulgando-a apenas para os íntimos. Era quase uma perversão: minha melhor vingança, quando alguém me falava mal dele, era deixar a pessoa falar, na esperança de que um dia, em minha ausência, sem poder voltar atrás, ela percebesse que escolhera o receptor errado para a sua baixeza. Quando Michel morreu, durante um instante eu teria gostado de que o mundo inteiro estivesse a par de nossa proximidade. Na época, não estava acostumado com a morte. Só me restava de Michel, naquele momento, tê-lo conhecido. Eu era como uma Céleste anônima a quem, como de costume, ninguém deseja manifestar nada. Ao mesmo tempo, não tinha a menor ambição de seguir carreira como criado, eu e ela não tínhamos herdado o mesmo destino, mas, em minha educação sentimental desamparada, de repente minha intimidade com Michel era tudo o que eu possuía de melhor. Qualquer ajuda teria sido boa. E, pouco a pouco, a ajuda que obtive foi tê-lo conhecido, sem que houvesse necessidade de dar conhecimento disso à população indiferente. Também me ajuda que outros o conheçam, mesmo os que nasceram depois de sua morte, aqueles que só têm intimidade com ele por meio da feliz leitura – sinto por eles a mesma benevolência que acolhia Céleste. Eles não sabem, mas, guardadas as devidas proporções, são irmãos imaginários.

Um ano depois da morte de Michel, Hervé me pediu um texto sobre a amizade para o *L'Autre Journal*, publicação semanal com a qual colaborava na época. Escrevi algumas linhas cheias de referências a Michel e à rue de Vaugirard, a Hervé e seu trabalho, misturando nossas relações (aquela morte não terá transformado todos os meus laços?), e hoje sou grato a Michel por sua aparente desenvoltura: "Ele me deixara suas chaves para que eu cuidasse da bananeira durante sua ausência (ele flambava as frutas e oferecia como sobremesa em cada jantar que organizava em sua casa). Peguei as chaves, mas esqueci de regar a árvore, desastrado que sou, apenas queimei sua gravura de Joana d'Arc (mas não era esse seu destino?) e alterei a arrumação de sua estante repondo em qualquer lugar os livros que folheava. Sabia o quanto ele era apegado a sua gravura e à bananeira que havia morrido, e esperava seu regresso com remorso e temor. Ele voltou feliz, a viagem tinha sido maravilhosa (ele atravessara a África, por pouco não se casara com uma queniana encantadora e nadara ao lado de um crocodilo no rio Gâmbia), e, ao saber do desastre, me disse somente: 'É preciso tomar as coisas com filosofia'. A filosofia também é uma prática muito amigável".

Eu esquecera da existência desse texto. É Bernardo que o menciona quando lhe falo do livro que quero escrever. Ele o lera antes de me conhecer e acha que seu tom, que guardou na memória durante todos esses anos, talvez seja o que eu deveria adotar. Mas, na época, acabo de concluir um romance num tom completamente diferente, que escrevi para sair do marasmo depressivo em que a morte de Michel me deixou. Esse drama não é seu tema explícito, porém é ele que tenho na cabeça ao longo da escrita, é minha maneira de aclimatá-lo, de me apropriar outra vez da delicadeza. Ao meu modo, evoco Michel, o último ácido, mas sobretudo Gérard, sobretudo os anos Vaugirard já identificados como uma entidade e que já são um corte, um período encerrado em minha vida. Esses anos não se limitam a ele, mas ele os personificava. Meus vínculos com Hervé e Gérard são contemporâneos, mas não teriam sido os mesmos se Michel não tivesse me ensinado nada. Ele aperfeiçoou meus afetos.

Hervé e eu tínhamos o hábito de fazer um do outro o primeiro leitor, toda vez que acabávamos um texto. Por coincidência, e pela primeira vez, uma noite marcamos um jantar para trocar os livros que terminamos ao mesmo tempo. Temos uma brincadeira eterna de fingir que estamos com medo de perder o original do outro, de ser roubados, de deixá-lo cair no Sena. Jean Echenoz conta no livro *Jérôme Lindon* que, um dia em que teve um medo desse tipo, meu pai brincou com ele: "Roubam com frequência seus originais no metrô?". (Uma de suas histórias preferidas era narrar como, por causa de um acesso de riso no metrô, ele mesmo quase deixara caírem as folhas dos originais de *Molloy*, isto é, o primeiro texto de Samuel Beckett que tivera em mãos.) Alguns anos antes, Michel me deu um livro do qual era o prefaciador e eu o esqueci na rue de Vaugirard, me expondo, para seu enorme prazer, às suas zombarias relacionadas ao desinteresse profundo que eu teria por seu trabalho, desinteresse esse que ele fingia temer que fosse justificado. Mas Hervé não perde o meu original nem eu o dele. Eu o devoro. Na manhã seguinte, cada um leu com entusiasmo o livro do outro, cada um considera aquele o seu predileto.

O texto de Hervé, *Mes parents* [Meus pais], é de uma violência insensata e jubilante sobre um tema tão universal que apaixona mesmo os órfãos de nascença e os que nasceram de parto anônimo. Inclusive a mim, portanto. Minha leitura é de uma crueldade quanto aos personagens que multiplica seu encanto. Desconfio que os protagonistas tenham alguma relação com os pais de Hervé, mas, assim como meu pai, minha relação com a literatura tem um vínculo tão firme com a ficção que não tenho nenhuma dificuldade em vê-los como seres de tinta e de papel, inexistentes no mundo real e, por isso, inacessíveis a uma compaixão que só pode ser fictícia. Quando Hervé quis pôr na cinta ao redor do livro publicado a frase "Terno é o ódio", protestei como se aquilo fosse uma traição ao texto, substituindo sua violência pela psicologia e pelo grande estilo. Em vez disso, sugeri-lhe imprimir honestamente sobre a cinta: "Toma essa!". Sinto-me tão mais à vontade para defender esse acerto de contas quanto eu mesmo nunca o fiz tão explicitamente. E, enquanto Hervé trabalhava com Patrice Chéreau no roteiro de *O homem ferido*, ele me deu uma versão para ler, como se minha competência para literatura e cinema fosse a mesma, o que não era o caso, tanto que não soube o que dizer, a não ser: "Eu tiraria a família", conselho tão acertado quanto teria sido cortar tudo o que diz respeito ao desembarque em *O mais longo dos dias*.

A família de *O homem ferido* parece a de *Mes parents*. Para mim, os pais de Hervé não passavam de criaturas suas – o que ele escrevia ou o que contava deles, divertindo-nos em nossas noitadas. A única vez que tive um breve contato com eles foi enquanto ele ainda estava vivo. Logo ele morreria, e tinha a fobia de que qualquer parcela de seu dinheiro, agora que possuía algum devido ao sucesso, chegasse aos seus pais. Casara-se com um contrato específico na esperança de garantir que os pais fossem privados de receber qualquer coisa, mas não estava inteiramente seguro. No caso de os pais contestarem o testamento, queria que um de seus amigos, munido de uma carta, pudesse ir ao tribunal depois de sua morte comunicar claramente sua vontade: tudo para Christine, a esposa, e para os filhos que ela tivera com o namorado de Hervé, nada para papai e mamãe. Ele me pediu para ajudá-lo a redigir a carta escrevendo um rascunho. Atendi-o com empenho, considerando aquilo um exercício de refrescante dissimulação, imaginando o que seria mais convincente, o que seria mais útil num eventual processo, me entregando à tarefa de coração, eu tão cauteloso com os meus pais, já que os de Hervé não eram de carne e osso, mas uma criação sua com a qual eu mostrava, assim, minha solidariedade, à maneira dos torcedores de um time que, para encorajá-lo, vaiam e insultam a equipe adversária. Minha carta deixou Hervé encantado, e ele, para meu profundo espanto, copiou-a em seguida tal e qual, dando-lhe uma veracidade mentirosa, e a deixou comigo para um eventual uso. A única vez que vi seus pais em pessoa foi no velório, em Clamart, já que o enterro – ao qual eu não compareceria, como antes com Michel – seria na ilha de Elba, com o pai fazendo o trajeto no furgão da funerária. Não olhei para o cadáver, lição aprendida com a morte de Michel. Quanto a eles, os pais de Hervé, diante do caixão do filho de trinta e seis anos, esses eram reais. Eram o pai e a mãe verdadeiros.

Havia outro parente seu lá. Como todas as pessoas próximas de Hervé, salvo eu, esperavam na Itália para o enterro propriamente dito, eu ficara encarregado de fazer respeitar suas vontades fúnebres no caso de o pai ou a mãe resolverem fazer algo contrário. A perspectiva de ter de usar esse poder me aterrorizava. E não foi preciso: eles não fizeram objeção a nada, nem ao testamento. Mas, como eu estava lá, uma mulher veio apresentar seus pêsames ao "amigo de Hervé", acrescentando, para desculpar sua presença, que temia que fosse perturbadora, que seu filho morrera havia pouco de aids e que ela simplesmente sentira que precisava estar ali. Eu estava paralisado. Só consegui olhá-la por um momento, espero que gentilmente, incapaz de dizer uma palavrinha ou de ajudá-la um pouco que fosse. Minha inércia forçada daquele momento é o que mais lamento dessa manhã sinistra no comecinho de janeiro. Sentia pela completa estranha a piedade que Hervé tinha me impedido de sentir por seus pais.

E os meus? Não era o dia certo para pensar nisso. Fui almoçar na casa deles no sábado seguinte, e quando contava da cerimônia, mencionando o monastério da ilha de Elba onde Hervé desejava ser enterrado, supondo, com razão, que a morte tivesse apagado toda possibilidade de animosidade de meu pai em relação a ele, meu pai respondeu àquela frase que não pedia resposta que considerava comovente alguém escolher assim o lugar onde seu cadáver descansaria. Quando ele próprio morreu e precisamos decidir onde enterrá-lo, descobri que tinha conseguido um jazigo que poderia acolher a todos nós exatamente na época em que Hervé morrera, no cemitério de Montparnasse, a vinte passos da sepultura de Beckett. Depois que o negócio foi concluído, ele dissera: "Assim, não ficaremos longe de Sam". E aquilo me comoveu, tanto mais que teria sido tão incongruente, de minha parte, ser enterrado no cemitério da região natal de Michel – com que direito? A que título? –, que eu nem sequer o desejava.

No dia seguinte àquele em que Hervé ainda não sabe que está doente e trocamos nossos manuscritos, ele me liga para dizer que tinha gostado muito do meu, e sua aprovação tem um peso especial, pois ele percebeu tudo o que, nele, dizia respeito a Michel. Talvez ele afinal tivesse preferido que o texto que lhe darei em seguida, para o *L'Autre Journal*, esteja no mesmo tom. Decido não apresentar o manuscrito ao meu pai, com quem as relações, inclusive as literárias, estavam mais tranquilas, dando-me por satisfeito em enviar-lhe o livro já publicado. Ele me telefona, depois de uma leitura imediata, para agradecer e me felicitar, acrescentando satisfeito: "Se vê que você é uma pessoa de bem". Aceito de bom grado o elogio, achando curioso o fato de ter sido necessário eu escrever um livro para meu pai chegar a essa constatação, independentemente de ela ser exata – é bem a cara dele, é bem a minha.

Algumas semanas depois do lançamento do livro, recebo uma carta magnífica de um jovem brasileiro a quem encontro e que é Bernardo, com quem passarei alguns anos. Quando a intimidade se estabeleceu entre nós, um dia, para contar quem sou, lhe falo da rue de Vaugirard. Por coincidência, ele conhece o apartamento – mais precisamente: o estúdio. Daniel o empresta a um universitário brasileiro amigo de Bernardo, e Bernardo já esteve lá uma vez. Evoco, então, o próprio Michel. Como prova suprema de confiança, preparo-me para contar a ele a história do último ácido. Ele me interrompe, conhece-a também. Tão poucas pessoas a conhecem, meu espanto é infinito. Acontece que uma amiga próxima de Bernardo vive uma aventura com o senhor

Marc, ocasião em que recolheu as informações que comunicou a ele. Bernardo conhecia a história em detalhes, só não sabia que eu era parte dela. Depois de Michel, começo a escrever, e o livro publicado me leva de novo, de outra forma, até aquele dia. Sua intimidade circula num pequeno círculo: passados dois anos de sua morte, ainda está aqui, concretamente, inteiro na atualidade da minha vida.

Na rue de Vaugirard, fui o garoto da casa, assim como Caroline, segundo a narrativa de Willa Cather, foi a garota da casa de seu tio em Croisset enquanto ele escrevia *Madame Bovary*, e Céleste Albaret a mulher no apartamento e no quarto forrado com cortiça do moribundo que não terminava de não terminar *Em busca do tempo perdido*. Ao mesmo tempo, não há nenhuma relação. Não compartilhei a vida cotidiana, não tenho uma correspondência para publicar e, ao contrário de Céleste, não apareço em sua obra. Certamente a dedicatória que Michel queria escrever para mim em seus últimos livros teria tido o objetivo de me ajudar, e sei que ela teria sido eficaz. Hervé, para expressar o quanto gostara do meu romance que tinha como ponto de partida a morte de Michel, me disse que todo amigo deveria oferecê-lo a seu amigo, que todo amigo deveria assumir a tarefa de dedicá-lo a todo amigo. Me atrapalho com o sexo, às vezes não distingo bem entre amor e amizade. Estou convencido de que tudo aquilo em mim que presta homenagem à amizade presta homenagem a Michel: isso não é amor? Não posso conhecer alguém sem pensar nele, não para imaginar como ele teria estimado esse novo amigo, mas convencido de que esse encontro não teria sido possível sem ele, nunca teria se desenrolado tão bem. Não subestimo a contribuição de meus pais para as qualidades que eu possa ter: mas o peso de uma relação entre pai (ou mãe) e filho é evidentemente um entrave, como se, devido a uma espécie de estruturalismo psicológico, os indivíduos fossem esmagados por ela.

Quando Michel morreu, logo no início eu só enxergava a dor, mas, pouco a pouco, passei a me sentir como Jean Valjean depois de conhecer monsenhor Myriel, tomado pela responsabilidade de ser bom (como me livrei desse sentimento é outra questão). Mais tarde, feito uma evidência, compreendi que ele foi o amigo que me salvou a vida. Eu tinha sido o garoto do apartamento, aquele que, como no vaudevile, chega quando o outro vai embora, e vai embora quando o outro volta. Mas quando o outro foi embora de vez, quando o vaudevile encrencou, não há maneira de voltar atrás. Nossos destinos estavam ligados um ao outro. E quando foram desligados, continuavam ligados. Eu teria querido continuar ocupando pelo menos um espaço imaginário, uma rue de Vaugirard que era agora um mundo tão submerso quanto Atlântida. Era minha única esperança, e a heroína a alimentou. Eu era o jovem do apartamento, mas já não havia apartamento nem juventude. Apesar disso o apartamento e a juventude continuariam estando ali para me ajudar durante toda a vida, como prolongamentos de Michel, que não me abandona.

4

Por motivos familiares, a morte de meu pai só foi divulgada depois do enterro. Éramos bem poucos no cemitério e almoçamos com a minha mãe, que depois desejava ficar sozinha. Rachid não estava na França e eu não quis que voltasse para o enterro, ele que, inclusive, não conhecera meu pai. Ao contrário de minha mãe, eu não estava com vontade de ficar sozinho, então à tarde fui ao jornal, onde, de todo modo, deveria entregar uma crônica no dia seguinte. Naquele momento não tinha nada a fazer por lá, mas a companhia, a atividade das pessoas ao redor de mim me caía bem. Para manter a cabeça ocupada, perguntei ao colega ao lado, que me recebera com delicadeza e que deveria escrever o editorial, qual era o assunto do dia, ou seja, o que ocuparia as páginas de abertura do *Libération*, inclusive a capa. Ele me respondeu: "Seu pai". Cinco minutos depois, outro colega entrou no escritório e me fez a mesma pergunta. "Meu pai", respondi, um pouco desconfortável com a pergunta. "Por quê?", ele perguntou. "Porque ele morreu", eu disse. "Sinto muito", respondeu ele.

E acrescentou: "Mas, então, o que você está fazendo aqui?" E, em vez de mandá-lo se catar, fiquei me justificando, miseravelmente.

No dia seguinte, ao ler o jornal que tinha tudo para me emocionar, dei-me conta de que aquela era a terceira vez na minha vida, depois de Michel e Hervé, que morria alguém que eu amava, e que nas três vezes essa morte era capa do *Libération*. Assim como, por ocasião de sua morte, fora publicada em página inteira uma foto magnífica de Michel sobre fundo negro apoiado em sua mesa de trabalho iluminada, havia uma de meu pai em pé na rua, na frente da Minuit, elegante e sólido, sorridente, tal como ele era. Eu não sabia a que conclusão chegar, mas constatava, era uma singularidade: cada luto que me atingia era uma espécie de luto público sobre o qual era preciso informar gente desconhecida. Era uma coisa importante para mim, pois eu me dava conta dela. Devorei as páginas sobre meu pai como não conseguira fazer dezessete anos antes com as dedicadas a Michel, muito mais numerosas, incapaz de ver aquele acontecimento oficializado tão bruscamente. Assim como fizera com Michel, guardei aqueles jornais como se fossem livros, embora a imprensa se caracterize pela efemeridade, não se presta a reedições, e conservá-las diz respeito a uma devoção e a uma necessidade muito maiores do que as que dizem respeito aos livros. Guardei-as, escondidas num armário, para não dar com elas por acaso, pois sabia muito bem que haveria momentos em que voltar a lê-las poderia ser bom, mas que haveria muitos outros em que me preservaria daquelas fotos e daqueles lutos. Talvez a palavra *consolo* fosse forte demais, porém, naquele momento, alguma coisa naquela leitura estava ligada a um apaziguamento, uma satisfação. Aquelas páginas, sinônimos da importância de um fato que para mim tinha caráter pessoal, eram uma comprovação de minha sorte. Eu havia conhecido as pessoas que mereciam que lhes prestassem homenagem melhor do que aqueles que lhes prestavam homenagem, e havia muitos anos que, com todo o meu afeto e durante a vida delas, eu as homenageava ao meu modo, sem esperar uma ocasião sinistra.

Guardei em minha memória as primeiras frases de *O grande Gatsby*: "Em meus anos mais juvenis e vulneráveis, meu pai me deu um conselho que jamais esqueci: 'Sempre que você tiver vontade de criticar alguém, lembre-se de que criatura alguma neste mundo teve as vantagens de que você desfrutou'".[4] Meu pai nunca me dirigiu essas palavras, não sei dizer se correspondiam ao que ele pensava, pois é preciso ser um pai muito seguro para pronunciá-las, mas a frase de Fitzgerald corroborava algo subentendido em minha educação, tal como eu a digerira. Eu tinha a sorte de não ser como todos os que encaravam aquelas mortes como uma novidade, triste sem dúvida, mas algo que não chegaria a enlutar um só dia de suas vidas, que continuariam desfrutando de seus amigos, seus amores, seus filhos, como se nada tivesse acontecido. Eu tinha sobre eles a imensa e eterna vantagem de ser devastado pela informa-

4 F. Scott Fitzgerald, *O grande Gatsby*, trad. Brenno Silveira. São Paulo: Civilização Brasileira, 1965. [N. T.]

ção e por suas consequências. Minha própria angústia me tranquilizaria. Sabia o que estava perdendo, e se perdia, era porque o tivera.

Na realidade, o verdadeiro choque foi a morte de Michel. À força de envelhecer, a morte entra na ordem das coisas, mas, na época, eu não tinha envelhecido o bastante. E o tempo transcorrido desde então me agita tanto quanto me acalma, pois, se Michel me faz falta, julgo que também faça a milhões de pessoas, quer elas saibam quer não, pois sua voz e sua inteligência teriam sido eficazes contra mil degradações do mundo. Sua morte me pegara de surpresa porque a aids ainda não era comum, a hecatombe estava apenas começando e o estado dos doentes piorava com tanta rapidez que não havia tempo para uma preparação. Hervé morreu muito mais jovem, mas depois de uma agonia muito mais longa, tendo conseguido controlar em parte a doença e seus efeitos. Meu pai também, preparei-me durante algumas semanas, o que não diminuía a dor, mas a brutalidade sim. E recebia os pêsames aos montes; até o jornal os apresentava, impressos ao pé da reportagem central, em minha condição de filho do falecido e colega do redator, assalariado da empresa. Era uma gentileza, mas não me comovia. Para eles, era meu direito recebê-los e ponto final.

Como Daniel me pedira, eu não avisara o jornal quando soube da morte de Michel, motivo pelo qual meu chefe me censurou ao ficar sabendo. Vantagem da respeitabilidade familiar: quando meu pai morreu, avisei com atraso, mas agradeceram meu telefonema embora a Agência France

Presse já tivesse transmitido a informação e o obituário certamente já estivesse escrito antecipadamente. Com Michel, tudo fora feito às pressas, naquela agitação própria do jornal que eu adoro, de quando um acontecimento inesperado nos chega já perto da hora do fechamento e é preciso que todo mundo se desdobre com prazos impossíveis, e quando ficamos todos comovidos e excitados e a comoção e a excitação são cúmplices na tarefa – naquele dia, evidentemente, eu não estava lá, mas, muitas vezes, desde então, fui um dos jornalistas tomados por essa urgência profissional que dá sabor aos cotidianos e que na verdade eu ainda não conhecia no dia da morte de Michel, pois acabara de entrar no *Libération*. Um dia assisti ao enterro de um colega do jornal, um rapaz de quem gostava, mas, bom, não era eu que estava no fundo do poço. Sempre achei o cemitério Père Lachaise magnífico, estava um dia bonito, reinava a calma própria a esse tipo de lugar e de cerimônia e, no instante mesmo em que pensei que afinal de contas a tarde estava agradável, percebi também que nunca deveria ter pensado aquilo e que o próximo enterro ao qual assistisse seria menos bucólico. De fato, poucos meses depois, foi a vez de meu pai.

Desde que trabalho no *Libération*, o mesmo acontece, só que cronologicamente ao contrário, sempre que surge um acontecimento cultural importante e imagino a agitação que deve ter provocado a morte de Michel. Toda vez, faço questão de esquecer que essa excitação é uma tragédia para outras pessoas e que várias vezes já fiz parte desse segundo grupo. É sempre estranho voltar no dia seguinte ao jornal para encontrar – segundo o vocábulo necrológico adotado pela imprensa – num dia os que enterraram Michel, no outro os que enterraram Hervé, e num outro ainda os que enterraram meu pai, e retomar com eles minhas relações habituais, com todos aqueles que, ao seu modo, haviam sido os especialistas nas pessoas que eu amara e a quem não deixo de querer bem. Bastava um dia, ou dois, no caso dos mais sensíveis, para que meus colegas de trabalho passassem para outro assunto, eventualmente outro morto, como intelectuais funerários realizando seu trabalho com o talento e a sensibilidade necessários, com a emoção que é o sal do dia mas que se extingue com ele, como eu mesmo fiz inúmeras vezes.

Entrei no *Libération* menos de três meses antes da morte de Michel e ele, para me acalmar diante da perspectiva de uma mudança, ficara entusiasmado com minha transferência. Participara do nascimento do jornal e por isso mantinha uma relação especial com ele. Quando morávamos na rue de Vaugirard, costumávamos abrir os jornais que Michel recebia como assinante, guiados pelo mesmo princípio que nos fez devorar os biscoitos dietéticos de Daniel, princípio segundo o qual era preciso aproveitar o cotidiano no cotidiano. Tínhamos, inclusive, o hábito de, depois de ler os jornais, jogá-los fora, até que um dia Michel me pediu para guardá-los. Na mesma época, meu pai era fanático pelo *Le Monde* e, apesar de eu trabalhar no *Libération*, não tinha nenhum escrúpulo em dizer, quando raramente havia convidados em casa além de mim, que, ao ler o *Libération*, tinha a sensação de já ter lido aquelas notícias no *Le*

Monde da véspera. Isso me irritava, ainda que, sem dúvida, fosse um sinal de respeito, indício de que seu instinto de dominação estava se manifestando, embora o confronto fosse de pouca monta. Embora Michel e meu pai tivessem quase a mesma idade, era como se houvesse uma brecha geracional entre eles, com Michel no mesmo nível de jovens como Hervé e eu, e meu pai, não. Contudo, meu pai estava nesse mesmo nível quando o assunto era literatura, enquanto Michel, segundo Gérard, ficava atrás em matéria de comer. Quando meu pai leu os originais de *O banheiro* e gostou de Jean-Philippe Toussaint, que é dois anos mais novo que eu, ele passou a se aproveitar desses dois anos de diferença para expressar sua onipotência, buscando competir comigo até mesmo em relação à juventude. É verdade que vida e juventude se relacionam claramente em todas as coisas que herdei de Michel e dele. Quando compreendi que meu pai manipulava minhas relações com meu avô, fiquei impressionado ao perceber a que ponto meu pai ainda era um filho, mas também me impressionou ver a que ponto ele era um pai, prisioneiro do seu amor paternal e sem certeza alguma, pouco seguro quanto àquilo que eu viria a ser. Sua onipotência era uma impostura, e eu era o único a acreditar nela. Quanto a Michel, eu o amava, mas não como um filho. Ele me ajudava a criar a estrutura de uma relação completamente original, que me faria desenvolver outras tantas, necessárias para lidar com afetos que ainda viriam. Ele me libertava das coisas que eu não havia escolhido, das coisas que eram parte integrada e não integrante de mim. Era como se ele tivesse por mim um devotamento discreto mas não secreto, um amor sem angústia, o melhor que podemos receber. Me agradava que meu pai fosse meu pai, me agradava que Michel não o fosse.

Alguns dias antes da morte de Michel, o *Libération* dedicara todas as páginas iniciais ao lançamento de seus dois últimos livros. Para o jornal, a lição principal ali contida era o objetivo de fazer da vida uma obra de arte. Meu pai não era artista nem escritor, mas colocava os escritores acima de todo mundo. Via-se como o seu representante e, em vez de fazê-lo com sua vida, fizera de sua profissão uma obra de arte, pois para ele a Minuit era isso. Michel não pretendia ser escritor, mas não teria sido o intelectual que foi se sua ligação com a arte não fosse tão forte. Para mim, meu pai personificava uma combinação, raramente assim tão bem-sucedida, entre a arte e o comércio. Às vezes diziam-no avarento, mas estou convencido de que não o era, de que, se controlava o dinheiro, era por uma estratégia de dominação e não por fetichismo. Uma vez, insistindo sobre os inconvenientes do cargo de responsabilidade que ocupava na editora, eu lhe disse que, em contrapartida, era um cargo que conferia poder a quem o exercesse. "Poder, sim", ele me respondeu com tamanho sorriso incontido no rosto, uma expressão de prazer semelhante à do Tio Patinhas nadando em sua piscina cheia de moedas de ouro ou talvez a de Saint-Simon quando, depois de anos e milhares de páginas de amarguras, chega finalmente, encantado, à humilhante degradação dos bastardos de Luís XIV, que cheguei à conclusão de que meu pai era avarento de poder, esse era o seu fetiche. Fazia sentido. Eu podia lamentar, mas não havia o que censurar: a expressão "ciumento do seu poder" é um perfeito pleonasmo.

Para Michel, a potência vinha em primeiro lugar, o resto derivava dela. Seu modo de me escutar, atento à menor possibilidade de me ajudar, fazia-me ver essa potência como a coisa mais delicada e necessária do mundo. Era como se ele tivesse tirado de seu trabalho, em que o tema do poder é tão relevante, a capacidade notável de exercê-lo em suas relações pessoais e para o bem geral, isto é, para o bem do outro e para o seu próprio, mas em todo caso para o bem do outro. Quando meu pai queria fazer a mesma coisa, certamente por causa da filiação, não dava certo, nunca havia potência suficiente para contrabalançar o puro poder. Eu poderia inverter tudo: também para meu pai, nada melhor do que não dominar, ser levado pelo afeto e pela admiração, como no caso de Beckett, mas era tudo tão difícil que ele se considerava feliz de ter encontrado e podido simplificar a carreira e a vida de um único ser assim excepcional em sua existência. Outra de suas preocupações era que o deixassem em paz, só que ela desembocava em sua tendência a ser perturbado, já que seu ofício o distanciava por natureza da torre de marfim. Bastava um gesto seu, uma expressão ou frase sua, e minha irritação ficava à flor da pele. Ser seu filho estava a dois passos de me sublevar contra ele: não suportamos num pai aquilo que herdamos dele. Em toda a minha vida, porém, nunca me irritei com Michel, e ele certamente também não comigo, exceto, talvez, de vez em quando, pelas besteiras que Hervé e eu fazíamos na frente dele, sem que ele reagisse.

A maneira como Michel evocava a literatura sempre me sensibilizava, ao passo que meu pai me parecia, principalmente, especialista em apreciá-la e publicá-la. Em minha educação, os livros eram tratados como algo sagrado, enquanto Michel os tornava, para mim, prosaicos e vivos. Talvez outra pessoa, ouvindo meu pai, tivesse chegado às mesmas conclusões a que cheguei sob a influência de Michel, mas esse desdobramento entre nós era impossível.

Aquele meu colega do trabalho – que imediatamente depois dos pêsames quisera se impor a mim no dia do enterro do meu pai, admoestar-me ao estranhar minha presença no jornal – manifestava um ciúme difuso em relação a mim que eu nunca entendera muito bem. Talvez meus livros também o indispusessem comigo, mas minha genealogia, que tinha suas vantagens, de repente assumia uma função pouco invejável. Um dia, aceitei representar um papel secundário, de professor de filosofia, no filme de um amigo – um pouco como um *private joke* afetivo, para que eu participasse da filmagem, que seria nos locais da infância de meu amigo, e estivesse presente no filme concluído. A maquiadora me perguntara se eu era da família do ator, meu primo-irmão, e me tratava com nítida antipatia, como se eu tivesse conseguido trabalhar na figuração do filme graças a minhas influências, subtraindo-a de alguém mais merecedor, e só foi mais gentil comigo quando compreendeu que o cinema não era minha carreira. Eu tinha orgulho de ser amigo de Michel, como também de meus outros amigos, devido à reciprocidade necessária numa relação como aquela, ainda maior no caso de Michel, visto que inúmeras pessoas, só de ouvir a menção ao seu nome, se davam conta da extensão do meu privilégio. Mas quanto ao meu pai, mesmo que eu tivesse vergonha dele ou que ele me detestasse, ainda assim eu continuaria sendo seu filho, e me dava um certo embaraço o fato de ter orgulho dele sem ter contribuído para o que ele era, apenas porque o amava e admirava.

"Sinto muito. Mas, então, o que você está fazendo aqui?" Me desagradava o fato de ter sido atacado naquelas circunstâncias, nas quais, mesmo que ele me detestasse, teria sido de bom-tom fazer um armistício. Aquela crítica enviesada, cautelosa, a circunstância de ter respondido, de ter me deixado apanhar, como se o outro, mais velho do que eu, mas não a ponto de poder ser meu pai, estivesse me educando – um sorriso sonso teria sido uma reação melhor do que qualquer resposta. Agora compreendia com mais clareza a alegria de Michel diante da frase que Hervé lhe repetira, frase que o elevava à categoria de vício, e teria preferido, como ângulo de ataque, o que hoje escuto mais ou menos por baixo das palavras banais mas antipáticas proferidas por meu colega de escritório na época, o que extrapolo da agressividade de meu colega do *Libération*: "Você é gay, drogado e filho de Jérôme Lindon".

5

Adalbert Stifter é um escritor austríaco que nasceu em 1805 e morreu em 1868. Eu, que não entendo nem uma palavra de alemão, nunca ouvira falar nele até que um dia, logo que comecei a trabalhar no *Nouvel Observateur*, deparei com uma tradução de um texto seu no escritório e resolvi levá-lo para ler em casa. O título da novela, ou pequeno romance, era *O homem sem posteridade*. Imediatamente fiquei fascinado com a leitura. Tinha ali algo do *A noite do caçador*, texto de Stifter e filme de Charles Laughton se unindo numa espécie de classicismo exagerado, que era ao mesmo tempo infantil e maduro e que lhes dava, aos meus olhos, uma originalidade absoluta, como se eles não pertencessem à mesma arte que o conjunto de outros filmes ou de outros romances. Resolvi ler aquele livro para passar o tempo enquanto esperava uma garota com quem estava saindo e que devia passar lá em casa naquele dia, e aconteceu, quase na metade do livro, que ela estava atrasada, algo que habitualmente me deixa muito impaciente, mas, no caso específico, fiquei torcendo para ela demorar ainda mais, detestando a ideia de ser interrompido em plena leitura. Ela só chegou mesmo quando eu já tinha terminado o texto. Além disso, foi ela que, naquela noite, me contou da definição feita de mim por seu amigo, e que incluía aquele trio de vícios a que Michel pertencia.

Meu entusiasmo por *O homem sem posteridade* era tão grande que, sem dúvida, esse é o livro que mais comprei em minha vida, presenteando todos os amigos com ele, especialmente Gérard, Hervé e até Michel, a quem eu raramente aconselhava leituras. Também o elogiei para meu pai, embora o texto não tivesse a originalidade formal de que ele gostava, e para quem o austríaco era tão desconhecido quanto para mim uma semana antes, embora minha mãe já tivesse lido antigas traduções. O que não bastou para que ele o lesse de imediato; de todo modo, impressionado com meu entusiasmo, voltou ao assunto alguns dias depois. Também conversou com Sam, que naturalmente conhecia muito bem Stifter, fato na verdade pouco surpreendente, já que ele é um dos escritores mais respeitados de língua alemã (depois de me interessar por ele, vi que Nietzsche, Hermann Hesse e Peter Handke o respeitavam). Como Beckett lia alemão, ainda indicou o que considerava sua obra mais bonita, um longo romance chamado *O verão de São Martinho*. Li tudo o que encontrei de Stifter, sempre arrebatado. Tinha sido pouco traduzido antes, mas *O homem sem posteridade* teve bastante repercussão, de modo que, para minha alegria, as novelas e coletâneas de novelas foram lançadas. Contudo, faltava *O verão de São Martinho*, cuja tradução eu sempre tinha esperança de ver incluída na programação das editoras. Todos os textos que se traduziam eram curtos, e a perspectiva de ler um dos longos me entusiasmava; aparentemente, porém, meu desejo estava longe de se concretizar. A delicadeza das obras de Stifter me fascinou ainda mais quando soube que, antes de escrever, durante um bom tempo, ele desejara ser pintor.

Mais de vinte anos se passaram entre o momento em que fiquei sabendo da existência de Stifter e de seu famoso romance e o lançamento de *O verão de São Martinho*, que em francês recebeu o título de *L'Arrière-saison*.[5] O livro tinha seiscentas e cinquenta páginas e eu estava feliz por tê-lo levado para Roma, onde passava alguns dias de férias ao lado de Rachid. Ele, que tem quinze anos menos que eu, estava como bolsista na Villa Medici, onde eu já estivera dez anos antes com Hervé, que em vão tentara ficar um ano suplementar apresentando-se como artista gráfico depois de ter estado lá como escritor, feito um Stifter às avessas. Aqueles vinte anos de espera deviam ter me preparado para não perder nem uma migalha dos encantos do livro e, quando mesmo seus incensadores mais célebres evocam o tédio de algumas passagens, li-o com uma emoção constante. Naquele momento algo se tensionava, algo mudava em minha relação com Rachid, estávamos a ponto de brigar durante aquela estada quando uma manhã, no café, comecei a falar a ele sobre *L'Arrière-saison* (ele conhecia Stifter, também ganhara seu exemplar de *O homem...*). E, como se o título do livro correspondesse a minha leitura,

5 Literalmente, fim do outono, início da velhice. [N. T.]

minha narrativa me deixou com lágrimas nos olhos e ele também, ou quase. O romance, segundo a quarta capa, "persegue um ideal estético e moral extremamente ambicioso". O herói, que é também o narrador, é um jovem que corresponde às regras do romance de formação, mas encontra, além de uma mocinha, uma senhora e um senhor com ligações misteriosas e ambos próximos da morte. Ora, em Stifter, e o mesmo ocorre em *O homem sem posteridade*, a velhice cria a juventude – o jovem sem velhos, privado dessa companhia, dessa moldura, fica completamente perdido, atravancado pela própria idade por suas sensações, por suas ambições. Aos olhos de Rachid eu não era velho, sem dúvida, mas é óbvio que já não era aquele que caíra na poção stifteriana, mágica, para mim, na juventude. E aquela leitura, que eu gostaria de ter recomendado outra vez a meu pai – agora com setenta e cinco anos –, meu pai já não teria condições de empreender. Já estava no leito que seria o de sua morte e eu começava, a contragosto, a desconfiar que seu fim se aproximava. Não eram só os vinte anos que eu tivera de esperar pela tradução que justificavam minha emoção; além do texto propriamente dito, havia tudo o que aqueles vinte anos haviam trazido consigo.

Depois da publicação da minha resenha, encontraria por acaso o assessor de imprensa de *L'Arrière saison*, que me agradeceu gentilmente e acrescentou que o autor de outra resenha sobre o mesmo romance confessara ter ficado com vergonha do seu texto depois de ter lido o meu. Fiquei comovido. Achava delicado da parte desse assessor de imprensa tão discreto contar-me o que sucedera, e o fato de o autor da outra resenha ter podido pensar aquilo era algo que me remetia imediatamente ao universo stifteriano, em que uma tal elegância seria norma. Remetia-me também ao meu próprio universo, em que Stifter, apesar das leituras e resenhas que fiz, é apenas um elemento periférico. Numa de nossas frequentes conversas sobre literatura – nas quais eu discorria sobre minha inclinação por Faulkner, Conrad e Melville –, Michel me disse que as literaturas anglo-saxônica e alemã tinham, geralmente, admiradores bem diversos. Ele era um contraexemplo disso, pois, apesar de ser um germanista bastante preparado, punha *À sombra do vulcão* nas nuvens, e com isso fizera um grande elogio a Hervé ao aproximá-lo de Malcolm Lowry no prefácio ao catálogo de Duane Michals – aquele que eu esquecera um dia na rue de Vaugirard. Apesar de tudo, ele me convenceu. Na época em que tivemos essas conversas, eu mal conhecia Hermann Hesse, Thomas Mann, Hermann Broch, o próprio Stifter – e menos ainda Thomas Bernhard. Depois, lamentei milhares de vezes, manifestando meu lamento de formas diferentes, o fato de não ter podido confrontar as leituras que fiz desses autores às leituras de Michel, de não poder contar a ele que também percorria os caminhos germânicos. A nobreza demonstrada pelo autor da outra resenha sobre *L'Arrière-saison* me fez pensar em Michel porque a nobreza me faz pensar nele, mas, também, porque ela confirmava minhas novas competências amorosas em matéria de literatura alemã, mesmo sendo, no caso, austríaca. Meu pai já não estava em condições de ler coisa alguma, nem o romance e nem a resenha.

Uma vez, Michel me fizera um elogio referindo-se à ironia de minhas resenhas. Fiquei surpreso porque, no caso específico do qual ele tirava essa generalização, eu não me dera conta de nada, de modo que cheguei a perguntar-me como devia interpretar sua observação, mas não por muito tempo, pois tinha certeza de ter razão ao receber positivamente tudo o que ele me dizia. Quando publiquei meu primeiro romance, usando um pseudônimo, e o enviei a Jean Dubuffet – que eu adorava e que Michel, pessoalmente, não apreciava –, e ele me respondeu com uma carta esplêndida, contei a Michel que respondera à carta dele me identificando e contando que era eu o verdadeiro autor do livro, visto que já encontrara, entusiasmado, o pintor que admiro também como escritor. E Michel rira, sem dúvida porque achava grotesca aquela situação de anonimato tagarela, mas rira sua boa risada sem nada por trás, e eu também acabara achando francamente ridícula a situação em que me metera. Achara-a irônica porque para mim a ironia sempre cobriu todo o campo de minha existência. Quando deixei o apartamento de meus pais para viver sozinho, minha mãe me deu todos os velhos boletins escolares para que eu os jogasse fora e li, no mais antigo deles, na parte em que a professora fez anotações sobre o meu modo de expressão: "Linguagem muito precisa, às vezes irônica". Eu tinha seis anos; teria gostado de me lembrar o que era a ironia de uma criança de seis anos.

Nitidamente, tinha a ver com minha escrita jornalística. Assim como o bom rapaz de *O homem sem posteridade*, sempre tive tendência a acreditar no que me contavam como sendo narrativa, inicialmente sem perceber a estratégia que poderia estar por trás. Meu pai falava ainda mais mal dos jornalistas que dos editores, e assim desde muito cedo nutri um grande desprezo por eles. Ao mesmo tempo, ele mexera os pauzinhos para conseguir um estágio para mim no *Nouvel Observateur*, fazendo-me crer, a partir daí, que uma profissão era o que cada um fazia dela, e demonstrara seu contentamento quando o *Libération*, depois de anos, acabara me contratando. Michel achou graça quando lhe contei sobre este último episódio: o *Nouvel Observateur* estava entupido de estagiários e free lancers como eu e, visto que o número de páginas do jornal era limitado e que quem escrevia nelas eram os intelectuais – às vezes, o próprio Michel –, eles passavam o tempo reclamando porque seus textos não eram publicados. Para mim, estava bom ter de escrever um número mínimo de artigos; vivia sempre de bom humor, sem reclamar com meus superiores por não publicarem meus inéditos. E o que aconteceu foi que no fim eu é que fora contratado primeiro. E Michel achara essa estratégia tão divertida que eu acabara adquirindo um orgulho retrospectivo por tê-la tramado. O fato de eu ter tido a capacidade de planejar aquilo parecia-lhe uma descrição do sistema econômico e o deixava exultante. O fato é que, na época, devido a minha pretensão e às prevenções que atribuía a meu pai, para mim o ofício de jornalista estava tão desvalorizado em relação ao de escritor que o amor próprio, apesar de presente nos outros, estava necessariamente excluído da minha profissão. Eu era de uma ironia ontológica e ingênua. Tudo o que queria era ocupar um lugar num mundo no qual considerava de uma ironia sem humor ser-lhe a tal ponto estranho.

Bem antes de conhecer Michel, eu havia adorado, além do livro em si, o prefácio de três páginas que ele escrevera para uma reedição da *História da loucura*, no qual explicava por que considerava impossível redigir um prefácio para aquele texto e concluía com estas linhas, subitamente em forma de diálogo:

"– Mas você acaba de escrever um prefácio.

– Pelo menos, é curto."

Essa era uma relação saudável com a teoria, era minha ideia de ironia. O que ela questionava, em geral, era o próprio ironista. Lendo os textos de Nietzsche, às vezes eu não entendia se o que estava escrito tinha a função de revelar o pensamento do filósofo ou o ridículo daqueles que pensavam aquilo. Quando me familiarizei um pouco com a literatura alemã, depois da morte de Michel, tive por vezes a mesma dúvida em relação a Thomas Mann, e me encantei com *José e seus irmãos* estando convencido de já ter lido o livro de viés várias vezes. Mas, para mim, Stifter, como Willa Cather na literatura americana, estava além da ironia. Não tinha a menor dificuldade em imaginar que tivessem detratores, mas, ao supor que faziam pouco daquelas obras, eles estariam, na realidade, revelando sua pequenez, assim como um leitor de *Os miseráveis* que tivesse zombado de monsenhor Myriel por ter se deixado enganar por Jean Valjean, o canalha, e mantivesse essa interpretação ao longo de todo o romance.

L'Arrière-saison me evocava Michel sem que eu saiba o motivo. Não era apenas a agitação contida e serena ou a sabedoria aristocrática, e a velhice não tinha por que me fazer pensar nele. Tinha a ver comigo. Era como se o livro fosse, para mim, um romance de formação por si só, e dos melhores. No texto de Stifter se diz que os dois personagens mais velhos viviam "na felicidade e na constância uma espécie de fim de outono que não tivesse passado pelo verão". Minha terrível adolescência atrasara minha juventude, a morte de Michel a enterrara. Pelo menos era o que eu pensava. Conhecera Michel aproximadamente na idade em que meu pai conhecera Samuel Beckett, embora fosse conviver com ele trinta anos menos. Eu o identificava com a minha juventude e, até, com a juventude em geral. Aos meus olhos, ele personificava uma e outra, como meu pai poderia personificar ainda outra, à sua maneira. Conhecer alguém é sempre um fato da vida e, para mim, isso foi tão difícil durante tanto tempo que ter tido aquela sorte me parecia quase uma aventura mítica. Para quem foi educado segundo as normas familiares, sempre fará falta não ter conhecido os pais nem ter sido conhecido por eles. Não houve paixão natural, objetiva, nem livre aprendizado do outro. O amor preexiste de um lado e é necessidade do outro – um ponto positivo e um negativo. Só a adolescência ficara faltando para mim; de repente eu percebia que podia viver na felicidade e na constância uma espécie de fim de outono que não tivesse passado pela primavera e, felizmente, se interrompesse no verão.

Quando conheci Rachid, fiquei desolado por não poder apresentá-lo a Michel. Achava que Michel se encantaria com ele por um motivo análogo ao que o levara a comparar Hervé a Malcolm Lowry, por ele ser bruto e discreto, por sua independência inocente. E naquele momento de tensão por que passávamos, em que se decidiria o futuro de nossa relação, eu não me sentia, na verdade, nem um pouco preocupado. Sabia o que fazer. Bastava contar com o amor que ele sentia por mim e com o amor que eu sentia por ele e as coisas se ajeitariam, eventualmente à revelia das convenções. Eu não tinha outra coisa a fazer senão falar-lhe de *L'Arrière-saison* como estava fazendo – porque não tinha como não fazê-lo e porque confiava em Michel. Diante de Michel sempre me senti um menino, embora não fosse seu filho; um jovem, e talvez esse sentimento perdure depois – em breve – que eu ultrapassar a idade que ele tinha ao morrer. Apropriei-me da alegria que ele demonstrava toda vez que abria a porta da rue de Vaugirard para mim. Acreditava que por minha vez seria capaz de oferecê-la, sem esforço. Muitas coisas que eram dele tornaram-se naturais em mim, e sou-lhe grato por isso. É a diferença estatutária entre um amigo e um pai, diferença essa cujo gosto amargo este último é obrigado a sentir. Eu me sentia grato por ter me tornado isto, e amargo por ter sido aquilo. Mudar, para mim, era um avanço. Meu pai era um fato, Michel fora uma sorte. Rachid também herdava coisas dele.

Eu tinha certeza de que Michel teria ficado feliz em sabê-lo, de que era exatamente o que ele queria ao ensinar-me na prática as relações humanas, com respeito às quais encontrei em Rachid outro especialista. E a generosidade, infelizmente, era uma ironia – por isso, justamente, era generosidade, deve ter sido isso que meu pai sentiu mil vezes diante de mim. Ao longo dos anos, a morte de Michel, depois de quase acabar comigo, me deixara mais vivo que nunca. Agora eu era capaz de ver chegar a de meu pai, sofrendo, mas sem passar por uma ruptura consciente enorme demais. Vinha-me à mente, contudo, o que sabia sobre as circunstâncias da morte de Stifter. No dia 26 de janeiro de 1868, aos sessenta e dois anos, depois de inúmeros tormentos e sofrendo abominavelmente (de câncer ou cirrose), o autor de tantas obras-primas de infinita serenidade aparente cortara a própria garganta com uma navalha e só viera a morrer dois dias depois. "Ah, Bartleby! Ah, humanidade!", escrevera Herman Melville no fecho de sua novela mais impressionante, à qual, na universidade, eu dedicara meu mestrado. Ah, ironia! Ah, serenidade!

6

Um dia desses, Gérard me presenteou com um boné e eu, que nunca me irrito, me aborreci com ele. "Ele sabe que não uso boné", expliquei a Rachid, que ria da minha indignação ao ganhar um presente do mais pacífico de meus amigos, como se seu gesto fosse uma declaração de guerra. Mesmo sem ter experimentado o boné, guardei-o num armário para nunca mais vê-lo. Não me interesso por roupas; sobriedade e versatilidade é só o que desejo. Lembrei-me, porém, que estava de boné na primeira vez que vi Michel.

Porque na verdade encontrei-o antes da rue de Vaugirard propriamente dita, embora não tivesse sido exatamente um encontro. Quando meu pai me propôs que dirigisse a revista editada pela Minuit, convidei um amigo suíço, que conheci porque publicara um texto na revista, para dividir o trabalho comigo. Na época, pedimos uma entrevista a Michel Foucault e ele marcou um encontro conosco em sua casa num fim de tarde. Denis e eu tínhamos combinado encontrar-nos em frente ao prédio para chegar juntos. Eu, como sempre, estava adiantado, e Denis, exageradamente atrasado. Na hora marcada ele ainda não tinha chegado, então subi sozinho até o apartamento achando muita grosseria chegar tarde na casa de uma personalidade como ele, a quem, além do mais, tínhamos pedido uma espécie de favor. Denis se perdera e só tocou a campainha uns bons vinte minutos mais tarde, quando eu já estava no apartamento. Naquela ocasião, Michel não me despertou nada demais, eu estava muito intimidado por estar na presença de Michel Foucault e nervoso e aflito com a ausência de Denis. A entrevista não se realizou, Michel nos dispensou delicadamente. Só depois de anos de intimidade voltamos a esse episódio, e uma única vez. Michel me disse que tinha um preconceito em relação a mim. Como eu fora o sucessor de Tony Duvert na direção da revista, ele achara que eu pedira a cabeça dele a meu pai com o objetivo de substituí-lo, juntamente com meu amiguinho, e que não se sentira inclinado a convalidar esse nepotismo.

Mas antes desse houvera outro encontro que tampouco fora exatamente um encontro e do qual nunca mais tornamos a falar. Com o diploma do secundário no bolso, eu ainda morava na casa dos meus pais e dispunha de muitíssimo tempo como estudante. Não conhecia ninguém, pois o fim do secundário não decretara, por milagre, o fim da minha adolescência infernal, embora em seguida a universidade contribuísse para isso. Eu estava mais seguro dos meus gostos literários do que dos sexuais. Sabia que Michel Foucault dava um curso aberto no Collège de France. Soube inclusive que o regulamento da instituição exigia que ele ministrasse um seminário mais restrito e no qual, consequentemente, eu teria mais oportunidade de aparecer. No começo do ano universitário, assisti ao primeiro encontro daquela sessão do seminário. Não éramos muito numerosos e Michel tentou nos desencorajar. Mesmo assim, era preciso preencher uma ficha, o que fiz, contente por ter de fornecer meu sobrenome, pois me orgulhava dele. Eu era um membro um tanto renitente do elitismo familiar, de modo que na minha opinião meu pai não era nem um pouco célebre – como um ator ou jogador de futebol: qual criança é apaixonada por um editor cuja editora nem sequer tem seu nome? Nunca um colega da escola me perguntara se eu era da família dele –, mas achava que ele podia ser célebre e respeitado num meio seleto, mais requintado, do qual Michel Foucault fazia parte.

Em casa, não costumávamos fazer brincadeiras com meu pai. Havia uma, porém, que era permitida e que consistia em lhe atribuir as frases pronunciadas por Agamemnon ("o rei barbudo indo bêbado indo bêbado indo bêbado...") na famosa "Marcha dos reis", de *La Belle Hélène*: "Acho que já falei demais dizendo meu nome", ou: "E só esse nome já me dispensa, já me dispensa, já me dispensa de dizer algo mais". Meu avô adorava Offenbach, que fazia parte da cultura familiar com uma simplicidade às vezes afetada, já que raramente ele é o músico preferido dos melômanos e era uma provocação misturar os populares libretistas Meilhac e Halévy a Beckett, Duras, Robbe-Grillet, Deleuze, Bourdieu, Robert Pinget e Claude Simon, tal como eles estavam presentes em nossa casa *via* meu pai. Em meu desamparo, que tudo isso aumentava, eu era constituído por um esnobismo do qual nem sequer me dava conta. Michel Foucault não demonstrou o menor sinal de interesse por mim ao ler minha ficha, assim como não demonstrara ao ver-me. Isso bastou para me distanciar. Embora às vezes eu possa ser persistente, vários anos mais tarde me vi lendo uma entrevista com Jean Yanne, que declarava: "Sou o contrário de Bernard Tapie. Ao primeiro obstáculo, renuncio".

Meu pai fazia questão de andar elegante. Muitas vezes minha mãe lhe comprava roupas, como faz comigo agora. Pouco antes dessa época, ele desencavara um boné, que passou a usar sempre que saía, como se aquele acessório tivesse se tornado indispensável para ele, fato que me marcou, sobretudo porque sempre achei que os chapéus são objetos incongruentes. As únicas roupas de que eu gostava de verdade eram os pulôveres grandes, de cores apagadas, amplos, confortáveis, que fazem dobras. O assunto do boné do meu pai me mostrava que havia um uso para as vestimentas que era mais social – e então, durante algumas semanas, resolvi usar um boné. Quando fui ao seminário do Collège de France estava com ele a postos, mas seu ilusório poder de sedução não se operou.

Fiz bem em não esperar Denis no dia do segundo dos meus verdadeiros falsos primeiros encontros com Michel. Muito tempo depois, Michel me contou que, certa vez, fizera parte de um júri na companhia de meu avô. Um táxi deveria levá-los ao local do evento, os dois e mais um terceiro homem que, quando o táxi chegou, não estava na porta de sua casa como combinado e, assim, o motorista, Michel e meu avô haviam sido obrigados a esperá-lo durante alguns minutos. Michel contava com muita graça como o furor exalava de todos os poros da pele de meu avô diante dessa grosseria, a ponto de Michel ter chegado a quase se preocupar com ele. De fato, um irmão do meu avô, tio-avô que eu mal conhecia, desabara no chão uma noite num restaurante e não foi possível reanimá-lo e, pelo que me contaram, ele morreu de raiva, exasperado com o péssimo serviço.

Uma única vez, fomos ao teatro juntos, Michel, Daniel, Hervé, seu amigo Thierry e eu. A peça era encenada no subúrbio e Michel nos levou de carro. Pouco depois de uma hora de espetáculo, soou um alerta de bomba e foi preciso evacuar a sala. Do lado de fora, estávamos entusiasmados: a peça, a direção, tudo era maravilhoso. Não sei se foi a interrupção que estragou tudo, mas, meia hora de espetáculo mais tarde, no intervalo, Michel e eu estávamos achando a peça tão ruim que a direção já não tinha a menor importância, nosso único desejo era ir embora. Daniel e Thierry não se opuseram, mas Hervé mantivera a primeira impressão e, como a decisão de ir embora antes do fim da peça tinha de ser unânime, acabamos ficando todos. A peça reiniciara havia cinco minutos quando Hervé, que estava sentado ao meu lado, chegou à conclusão de que estava de acordo conosco, mas a retirada tinha se tornado impossível. Atores vestidos de guerreiros, gritando e armados até os dentes, surgiam no meio da plateia vindos de todos os cantos da sala, e o efeito cômico de irmos embora murmurando "com licença, com licença, com licença" teria funcionado como uma sabotagem. Ficamos até o fim, suportando o suplício, desatentos a tudo o que se passava no palco ou fora dele, num tédio quase histérico. A volta foi sinistra. Michel estava exasperado, como com um atraso que o tivesse feito perder tempo, Daniel tentava inutilmente melhorar o clima, nós não ousávamos abrir a boca, Michel não dizia nada para não dizer coisas desagradáveis, nunca mais o vi naquele estado. Ele nos deixou no Champs-Elysées para que fôssemos jantar sem ele e voltou para casa com Daniel.

Pouco antes do lançamento de *Para o amigo que não me salvou a vida*, eu estava em São Paulo, na casa de Bernardo. Uma semana antes da minha partida da França, Hervé me pedira para reler as provas para o caso de ter alguma sugestão, e por esse motivo eu estava com o texto na cabeça. Em minha primeira leitura, ficara tão feliz ao ver alguma coisa de Michel ressuscitar no texto que não parara para pensar no efeito que poderiam ter sobre Daniel o romance e as passagens que lhe diziam respeito. Não acontecera de imediato nem na segunda leitura, mas, com um pequeno atraso, eu agora tinha algumas sugestões. Só que, na época, Bernardo não possuía telefone e conseguir um no Brasil era uma aventura. Ligar do correio estava fora de cogitação, não só devido a minha timidez como também por meu português sofrível. Só depois de voltar para a França eu disse a Hervé que em minha opinião ele poderia cortar essa ou aquela frase, sem prejuízo para o romance e de modo a favorecer Daniel. Ele respondeu que teria feito as correções se eu tivesse sugerido mais cedo, mas que o livro estava em produção e que agora era impossível trocar fosse o que fosse. A principal frase que eu desejava que ele censurasse dizia respeito ao fato de que muitas vezes Michel ficava exasperado com os atrasos de Daniel. Me parecia inútil infligir isso ao que ficara, quando não há nada de extraordinário no fato de às vezes haver exasperação entre duas pessoas tão próximas. No que dizia respeito à intolerância com atrasos, eu tinha a forte sensação de que Michel teria podido fazer parte da minha família.

Quando ele mesmo corria o risco de se atrasar para um encontro em sua casa, me dizia para esperá-lo dentro de casa, já que eu ficava com a chave entre as temporadas passadas lá e, mesmo no dia de sua morte, ainda a tinha no bolso. Vinte e cinco anos depois, respondi com rispidez excessiva a um amigo que usava a nossa amizade como justificativa para os seus atrasos comigo, que havia pessoas para quem estar sempre atrasado era o único modo de se fazer esperar. Michel, infelizmente, encontrou outra, definitiva. Todos os dias espero os momentos em que ele surge em mim e me reconforta apenas com sua existência passada.

Cinco anos antes de conhecer Michel, conheci Roland Barthes, que era provavelmente um dos únicos grandes nomes que meu pai lamentava não publicar na editora. Tony Duvert, autor da Minuit, recebera o prêmio Médicis, em cujo júri Barthes acabava de entrar, e graças ao seu apoio aquele resultado fora possível. Meu pai o convidara para jantar em casa, eu tinha dezoito anos e estava lá. É claro que não estava de boné dentro de casa, mas mesmo assim fiz sucesso com Barthes, que me convidou para assistir ao seu seminário, de modo que passamos a nos encontrar toda semana num ambiente no qual, por ser mais jovem que os outros participantes e ter chegado no meio do ano, intimidado, eu ficava a maior parte do tempo em silêncio. No começo do verão, como eu escrevera a Barthes para me desculpar por não poder estar presente no jantar de fim de curso, ele me respondeu que o fato não tinha a importância que eu lhe atribuía, que outras ocasiões surgiriam e que “o seminário o aguarda, assim como eu” (ele me tratava informalmente na carta). Eu estava atrasado em relação aos outros, era um atraso permanente. Ele esperava de mim um ato, mais que palavras, e, quando reclamei, fui imediatamente expulso daquele universo, nunca mais fui aceito em nenhuma outra sessão de seminário, o que me pareceu, ao mesmo tempo, legítimo e grosseiro. Foi como se eu tivesse, de repente, me tornado inexistente. No vernissage de uma exposição que lhe foi dedicada várias décadas depois de sua morte, felicitei a organizadora e chamei sua atenção para uma enorme foto do grupo que representava o seminário, apontando para um jovem de capa de chuva. “Sim, é o único que não conseguimos identificar”, disse ela. Claro, era eu.

Só revi Barthes uma vez depois de não termos feito amor. Ele era um dos convidados da noite do dançarino nu não nu japonês. Thierry e eu chegamos mais cedo à rue de Vaugirard para ajudar, se fosse preciso. Michel nos mandou buscar algumas garrafas na adega, cujo acesso exigia que se saísse do edifício e entrasse por uma porta diferente. Quando saímos do edifício e andamos os poucos passos que era preciso andar, demos com Barthes, que chegava. Seu rosto, ao me ver, manifestou uma surpresa tão flagrante que parecia um desenho animado ou história em quadrinhos quando quer mostrar que algum personagem ficou estupefato com alguma coisa. A tal ponto ele parecia não acreditar no que estava vendo que até teria sido grosseiro, se não fosse tão espontâneo – era instintivamente insultante, sem dúvida ele achava que eu merecia ter acabado nas lixeiras da homossexualidade, que só um milagre, que portanto acontecera, poderia me salvar do nada. Sem cálculo, sem estratégia, não trocamos uma só palavra ao longo de toda a noite. Michel, com quem eu nunca havia tocado no assunto, não deve ter nem desconfiado que nos conhecíamos. E agora, que eu estabelecera aquela relação inesperada, senti, com uma espécie de megalomania indulgente, um pesar, não tanto por mim, pois havia Michel, mas pelo próprio Barthes: ele também poderia ter tirado alguma coisa de mim. Curiosamente, eu sentia que ele perdera mais do que eu, porque, quanto a mim, Michel me salvara. Eu achava isso uma pena, para usar uma expressão que um jovem do milênio seguinte usaria com frequência, um jovem com vinte e tantos anos menos que eu, com quem acabei não vendo outra saída senão tentar me comportar como Barthes fizera comigo (mas ele não saiu da minha vida tão facilmente quanto eu da de Barthes).

Michel só me falou uma vez da morte de Barthes. Colhido por uma van ao sair do Collège de France, ele nunca mais saíra do hospital, onde, segundo se comentava, de certa forma se deixara morrer. Também Michel passara alguns dias no hospital depois de ser atropelado ao sair de casa, e me disse que ninguém se dá conta do esforço necessário para sobreviver no hospital, que deixar-se morrer é o estado neutro da hospitalização, que é preciso lutar muito para sobreviver. E acrescentava, insistindo em sua interpretação, que o que se imaginava para Barthes era o oposto do que ocorrera, uma longa velhice feliz, como a de um sábio chinês. Depois da morte de Michel, quando visitei seu velho professor que se comovera com meu abatimento, velho, velho demais para o seu gosto, ele me falou da sorte de Michel em morrer jovem, em pleno domínio de suas faculdades. Em sua fala havia um desejo de me consolar, mas ficou claro que julgava que sua própria velhice, pretensamente feliz, estava sendo muito longa.

Meu pai tinha setenta e cinco anos quando morreu, e para mim era um consolo pensar que, no fim das contas, tivera uma boa vida. Em seu enterro, na ausência de meu irmão mais velho, coube a mim dizer o *kadish*. Nos enterros judaicos, às vezes meu pai o fazia, mesmo quando não era ele a pessoa apropriada segundo o ritual, porque ele o conhecia de cor e os filhos do morto, geralmente, não. Eu não sabia mais ler hebraico, que aprendera exclusivamente para o meu *bar-mitsva*, mas um amigo que acabara de perder os pais me fornecera uma transcrição fonética da oração. Assim, li aqueles sons, incompreensíveis em francês, aos quais a repetição dava um sentido e uma beleza de poema solene, como me fez ver, no fim da cerimônia, um tio mais versado que eu no judaísmo. Concordei, e me dei conta de que havia esquecido de pôr meu quipá na cabeça. Ele ficara no meu bolso, de onde o retirei para mostrar minha imbecilidade ao meu tio, que apreciou aquele gesto, pois deve ter achado que eu não o usara intencionalmente, por rebeldia laica, e preferia que tivesse sido por imbecilidade, idiotice, já que eu tomara o cuidado de trazer um comigo. No fundo, religiosamente falando, o necessário era apenas não deixar a cabeça descoberta, como eu fizera. Um simples boné resolveria o problema.

7

"Mas nunca vão deixá-los entrar, meus frangotes", nos disse Michel um dia em que se vestira para ir a um bar mais *hard* do que aqueles que frequentávamos, e Hervé e eu agíamos como se fôssemos acompanhá-lo. Era uma piada porque nós não misturávamos os estilos e não tínhamos nenhuma intenção de ir. O termo *frangotes* tinha sua habitual conotação afetuosa, mas também incluía uma distância: não fazíamos parte daquele mundo, frangotes que éramos. Nossa juventude não nos serviria de nada se não nos vestíssemos de acordo com o código de indumentária exigido pelas circunstâncias. Ficamos satisfeitos por nossa juventude não nos dar nenhum privilégio sobre Michel, nada mais justo.

Alguns anos antes eu constatara que não era bem assim. Na viagem para Nova York com Gérard e Marc em que tomei meu primeiro LSD, fomos uma noite ao Mine Shaft, um bar sadomasoquista gay tão famoso na época que resolvemos assistir a um espetáculo lá, inclusive meus companheiros, que não pretendiam encontrar ninguém naquela noite. Para falar a verdade, eu também não estava interessado em arrumar um programa. Apesar de minha curiosidade, estava receoso, pois já ouvira falar nas cenas para mim extravagantes que se desenrolavam ali, como se houvesse algum risco de eu ser forçado a alguma coisa num lugar onde a regra era a anuência prévia. Tivemos dificuldade para achar o lugar. Ficava no sudoeste de Manhattan, perto de Wall Street, no cais, nas docas. Às três da manhã, tudo estava deserto. A região era perigosa, apesar disso nossa ignorância afastava a insegurança e estávamos mais preocupados em nos orientar ou com o que pudesse acontecer quando chegássemos ao lugar do que em perambular em busca de aventuras em plena noite. Finalmente achamos o endereço, nos deixaram entrar, apesar de estarmos de camiseta e jeans, e constatamos que lá dentro éramos bem mais jovens do que todos os homens presentes e não ficamos muito tempo porque esse tipo de lugar só é empolgante quando se pretende participar, o que não era o nosso caso. Além disso, ninguém estava interessado em nós, nossa condição de intrusos saltava aos olhos. Mesmo como *voyeurs*, não convencíamos. Quando contei a aventura a Michel, ele ficou pasmo de não terem batido a porta na nossa cara, como ele, obviamente, teria feito num caso assim, a idade não pode prevalecer sobre as práticas.

Se, por um lado, eu o mantinha a par de minhas aventuras, movido por uma necessidade tranquilizadora que parecia lhe convir, Michel, por outro, era muito mais discreto. Lembro-me apenas de ele me falar de Daniel e comentar que, depois de tantos anos, o sexo não era mais o elemento principal da relação, e de como aquilo me dera serenidade, me abrira horizontes. E também de como, ao me receber uma noite na rue de Vaugirard, ele ainda estava sob o efeito de uma sessão na véspera, em que levara para casa um rapaz que, nem bem iniciado o ritual sadomasoquista, manifestara sua aprovação prazerosa declarando: "Que máximo!", depois do que, me contou Michel rindo, ele próprio não conseguira prosseguir. Apesar de sua reputação, os frangotes não valiam nada como parceiros de jogos sexuais elaborados.

O fato de eu nunca ter feito amor com Michel nem com Hervé – eram meus dois únicos amigos com os quais o assunto surgira mas nunca se concretizara – era, afinal, um vínculo a mais entre nós três. E que a aids tenha matado tanto um – com quem, inicialmente, eu não quisera ir para a cama – como o outro – que não quisera ir para a cama comigo – me impedia de lamentar os atos não ocorridos. Era uma vergonha, mas era assim.

Por caminhos tortuosos mas indiscutíveis, a morte de Michel me levara a conhecer Bernardo, e a de Hervé, Rachid, e eu achava inacreditável ter perdido pessoas tão próximas e ter encontrado outras. Me comovia que meus amores estivessem, assim, interligados ao longo dos anos. Mais tarde, passei a achar que a morte do meu pai fora o elemento fundador de uma relação desastrosa que tive com um rapaz que chamava de "minha catástrofe adorada" e que, apesar da intensidade e da intimidade de nossa ligação, sempre se recusou a fazer amor comigo – com menos afeto que Michel e mais vontade grosseira de poder, ele gostava de me dizer, ao seu modo, referindo-se ao próprio traseiro: "Nunca vou deixá-lo entrar, meu querido". E ao passo que, durante o tempo que levou esse suplício, a ausência de Michel se manifestava com intensidade ainda maior pelo fato de eu não poder telefonar para ele e pedir ajuda, nunca, naturalmente, senti falta do meu pai daquele jeito. Depois do enterro de Michel, estive algumas vezes com Gilles Deleuze, cujas palavras no velório haviam me comovido tanto e, uma vez em que eu lhe contava a que ponto meu pai às vezes me exasperava, ele me tranquilizou dizendo que sem dúvida o sentimento era recíproco. Desde então, incorporei essa eventual reciprocidade ao conjunto das minhas relações, porém, para as questões sexuais e com relação a meu pai, ela só existia no caso de um absoluto silêncio mútuo. A reciprocidade não seria mais forte, contudo, em relação ao amor? Não teria meu pai todas as razões para, caso usasse esse tipo de vocabulário impudico, chamar-me de sua catástrofe adorada?

Buscando, ao longo dos anos, interpretar sua magnífica carta póstuma, eu podia ler, em seu pedido para esquecê-lo, uma espécie de desejo de descanso *post-mortem*, para ele e para mim, no tom de adolescentes que precisam ser bem próximos para se dizerem: "Me esquece um pouco, vai", "Me dê um tempo". Demorei demais a dar um tempo à minha catástrofe adorada; aos olhos de meu pai eu também devo ter sido uma catástrofe, não por meus próprios defeitos, mas por uma espécie de *double bind* característico da paternidade, em que o filho ou não faz o que era esperado que fizesse e há uma decepção, ou faz e há uma submissão. O pai das irmãs Williams, que sempre lutou para que as filhas se tornassem as campeãs de tênis que são, não deve se perguntar de vez em quando se elas não teriam sido ainda mais incríveis se tivessem mandado ele e as raquetes para aquele lugar aos cinco anos de idade? Ou será que ele considera que elas mostraram um poder ainda maior realizando um sonho que, na origem, não era delas? Quanto à esperança de ter netos meus, logo meu pai perdeu as ilusões. Mesmo seu talento para a discussão não seria capaz de me convencer. É isso que ele havia entendido quando afirmou que eu não queria me casar, quando eu ainda não sabia que dizia para mim mesmo (mas ele tinha ouvido, assim como Michel): "Paternidade, aqui você não entra, minha querida". Desde aquele momento, minha vida sexual deixou de interessá-lo, o que o poupou de inúmeras preocupações. Ele lamentava apenas os eventuais estragos que meus livros, ao evocar o tema, poderiam produzir na respeitabilidade familiar. O problema era minha sexualidade literária.

De todos os escritores que iam jantar na casa dos meus pais quando eu era criança, minha presença preferida era a de Alain Robbe-Grillet, porque com ele me sentia menos intimidado. Nessa época eu ainda ignorava que na obra dele a sexualidade era tão explícita. Sentia que ele era o único a manter com meu pai uma relação de camaradagem, mais do que todos os outros, o que se justificava por eles terem mais ou menos a mesma idade, por terem trabalhado juntos construindo o que se tornaria a Minuit, por terem compartilhado quando jovens algo importante na vida. Muito depois, gostei quando Michel citou, em primeiro lugar, Robbe-Grillet como sendo um autor à vontade em seu trabalho, e instaurei com ele o mais adequado dos vínculos, pois aquelas palavras tiveram para mim um sentido pessoal ligado à própria figura de Alain. Ele era também o único autor da Minuit cuja família conhecíamos; não apenas a mulher, mas também a irmã e até mesmo os pais. Em sua trilogia *Les Romanesques*, autobiográfica à sua maneira, Robbe-Grillet evoca a mãe morta e diz que volta a ouvir sua voz. Fiquei transtornado ao chegar a essas linhas, pois ao lê-las eu também tornei a ouvir a voz dela, uma voz tão singular quanto a de Alain, a voz dessa mulher que eu só me lembrava de ter visto meia dúzia de vezes. Nunca achei que leria a autobiografia de um escritor sexagenário e me lembraria da mãe dele, era como compreender que em minha vida a literatura vinha de tempos imemoriais, que não se tratava apenas de uma relação com os textos, mas com a própria vida.

Desde sempre, eu conhecia algumas frases da sra. Robbe-Grillet, frases que haviam se tornado lendárias na família. No ano em que nasci, foi lançado *A espreita*, o segundo romance publicado por seu filho, no qual um possível crime sexual é o elemento central da intriga. Na época, ela teria dito à minha mãe: "É um livro muito bonito mesmo. O único defeito que vejo nele é ter sido escrito por Alain". À minha maneira, tornei-me também um escritor que fala de sexo, mas fui confrontado a pais que, desse ponto de vista, eram mais convencionais e pouco preocupados em distinguir, em sua apreciação de meus textos, o que era literatura e o que era eu. Na publicação do meu primeiro livro, o conflito com meu pai se desanuviou quando ele resolveu entregar o original para Robbe-Grillet ler anonimamente. Ele leu e expressou um entusiasmo que me deixou feliz.

Meu afeto infantil por ele também perdurava justamente porque ele era, antes que eu me rodeasse de amigos, a pessoa com quem achava mais simples falar de sexo. Depois de ler o romance, ele foi o único que ousou me interrogar, espontaneamente, sobre o caráter autobiográfico das práticas imundas que eu punha em cena. E se a homossexualidade não era do seu gosto, ele me explicara por que estava tão seguro disso de um modo que permitia evocar em seguida o assunto mais banal do mundo. Depois do episódio do manuscrito, quando nos víamos na presença do meu pai ou da minha mãe, ele não parava de multiplicar as alusões à beleza de rapazes que sabia que eu conhecia e que introduzia intencionalmente na conversa, querendo saber minha opinião sobre esse ou aquele, perguntando se eu conhecia bem fulano ou sicrano, se os conhecia realmente bem, isto é, evocando com graça o fato de sermos ou termos sido amantes. Mal ou bem, se comportava com meus pais como Hervé e eu faríamos com Michel de partida para seu bar SM, mas a relação não era a mesma e meus pais reagiam menos afetuosamente que Michel, simplesmente não respondiam. Alain se divertia com o constrangimento deles como se fosse uma piada. Ele também, mesmo octogenário, sempre encarnou para mim alguma coisa da juventude.

Além disso, aos meus olhos, a sexualidade era um elo entre meu pai e Alain; os subentendidos a meu respeito adquiriam eles próprios outros subentendidos mais amplos sempre que minha mãe estava presente. Nos momentos literários mais combativos da Minuit, os dois fizeram várias viagens juntos, nas quais suponho que uma vez ou outra tenha acontecido de caírem na farra heterossexual. Fiquei constrangido quando, uma vez, muito jovem ainda, almocei com meu pai e um de seus amigos de adolescência e este se referiu às aventuras comuns dos dois, mas não senti constrangimento ao imaginá-las compartilhadas por Alain. Sua esposa Catherine publicou, depois da morte do meu pai, um diário da época no qual se inferia que os laços sexuais com os Robbe-Grillet iam além de minhas imaginações precedentes. Meu pai ainda vivia e ela já lançara um livro contando suas experiências sadomasoquistas, defendendo-o na televisão, no programa *Apostrophes*, com um véu sobre o rosto, anônima e identificável. Essa espécie de publicidade favorável ao sadomasoquismo fora mal recebida por meus pais, com a desculpa de que ela infringia os valores de discrição – mais do que pelo atentado à moral. Eu não estava longe de achar o mesmo. Mas quando, com mais de setenta anos, ela subiu ao palco num espetáculo com o sadomasoquismo como tema e de que foi gravado um disco, fiquei atônito – para mim, essa falta de tato era admirável. Com ou sem razão, imaginava que Michel também teria ficado impressionado, que talvez tivesse rido, mas seu riso não teria sido necessariamente de escárnio, quem sabe ele não tivesse projetado o lábio inferior, no mesmo gesto admirativo que fizera para apreciar o inesperado pedido de absolvição do meu avô?

Robbe-Grillet escreveu também, em *Les Romanesques*, que meu pai, quando o conheceu, não parava de contar uma história em que ele era o único a achar graça e que deixava todo mundo desconfortável. Era sobre um pai que brinca de jogar o filho para cima, cada vez mais alto, e sempre o segura no último instante, para a alegria da criança. Depois, ele o lança a uma altura maior e, no último instante, não segura o menino, para que ele aprenda uma lição e fique sabendo que não se pode confiar em ninguém. Nunca consegui entender essa história até lê-la no texto de Grillet. Mais tarde, atribuí a esse tipo de atitude a absoluta desconfiança de meu pai em relação aos outros, bem como sua absoluta prudência, lamentando a educação que devia ter recebido. Às vezes acontecia de ele administrar sua relação comigo por meio de cartas que pareciam atos notariais, o que não era muito estimulante para as confidências. E, apesar de tudo, durante toda a minha infância tive o sentimento de ser seu filho preferido. Dele herdei, por mimetismo ou inversão, minha necessidade de sentir uma confiança sentimental plena e integral, sem o que uma relação – muito incerta, muito combativa – não me interessa.

Assim que Michel me disse que muitas vezes via baixeza nos aforismos dos moralistas, me convenci. E o que me veio na mesma hora à cabeça foi a óbvia frase de La Rochefoucauld segundo a qual "é mais vergonhoso desconfiar dos amigos do que ser por eles enganado". O que Michel apreciava numa relação era sua singularidade, e sua estratégia consistia em manter sua originalidade. Conhecê-lo facilitou para mim, ao mesmo tempo, usar e não usar meu sexo. Ao contrário do famoso aforismo de La Rochefoucauld que afirma que algumas pessoas nunca teriam se apaixonado se nunca tivessem ouvido falar de amor, Michel conseguiu fazer com que eu me apaixonasse sem saber – porque nunca tinha ouvido falar que o amor poderia ser assim – e nem por isso deixasse de provar de seus benefícios, e não perdesse nada por conta da minha ignorância. A vontade de poder obsessiva de meu pai na verdade limitava sua liberdade, ainda que apenas a liberdade de deixar sua relação comigo fluir, leve e democrática, dentro do mesmo raciocínio que ele adotava ao me assegurar que um jornal com duzentos mil assinantes podia muito bem ser financeiramente mais independente que outro que não tivesse nenhum, mas era, apesar disso, menos independente porque precisava tomar cuidado para não perder o que se transformara numa carteira de leitores com sua respectiva publicidade (e era fiel a essa linha de raciocínio ao impedir que seu expansionismo pessoal empanasse o brilho da dimensão da Minuit, preferindo sempre abrir novas frentes). Ao passo que uma das coisas mais fascinantes de Michel era ser o oposto de um colonizador – eu não podia ter com ele uma relação de tipo paternal porque ele era o oposto de um pai. Não estava interessado em reprimir, mesmo que em embrião, a revolta de um suposto colonizado.

Quando Michel estava no hospital e ainda não sabíamos que ele só sairia dali para o necrotério, Daniel assistira a uma discussão dele com seu editor em que Michel esquecera o título de um de seus próprios livros e se esforçava para esconder o lapso a fim de não preocupá-lo. O livro em questão era *Isto não é um cachimbo*, que se refere ao quadro de Magritte que traz essa frase escrita logo abaixo do desenho de um cachimbo e que sempre me fez lembrar de Robbe-Grillet porque essa problemática gráfica tem a ver com aquela outra, narrativa, teorizada pelo Nouveau Roman. Daniel concluíra – e por que não? – que esse esquecimento resultava da convicção de Michel de ter sido contaminado com o vírus HIV durante uma felação numa sauna em San Francisco, já que aproveitava os convites para falar nos Estados Unidos para frequentar esses lugares, mantendo um anonimato que os tornava mais agradáveis do que na França, onde era reconhecido imediatamente, graças à sua celebridade. Por causa de seus livros, tinha uma reputação e um poder cujos efeitos tentava conter e excluir de seu cotidiano. Ao dizer seu nome, e mesmo ao não dizê-lo, sempre se expunha muito.

Depois de ler o manuscrito de meu primeiro livro, que tantos problemas suscitaria com meu pai, Michel me falou sobre a liberdade sexual que via nele. Respondi que, desse ponto de vista, infelizmente meu corpo não estava à altura. Era uma pequena confissão, mas Michel disse apenas: "É claro", como quem diz: "Seria fácil demais", como se fosse óbvio que era preciso um pouco mais de esforço para libertar também o corpo. Na mesma época, como Alain Robbe-Grillet se interpôs entre meu pai e eu, falei-lhe do puritanismo de meu genitor e a palavra o surpreendeu, por não corresponder minimamente a seu ponto de vista. Mais tarde, quando nossa relação se estabilizou, tive excepcionalmente uma conversa íntima com meu pai e lhe disse que, em inúmeras ocasiões, tenho um sentimento puritano. "Para mim, é muito importante saber isso", respondeu-me, misteriosamente, mas com satisfação.

Na época em que eu cuidava da edição da revista da Minuit, passava as tardes de domingo na editora lendo os textos que chegavam. O escritório que usava, no terceiro andar, sala de uns dez metros quadrados onde Robbe-Grillet havia morado durante algum tempo quando jovem, ficava ao lado do de meu pai. Um dia, entrei ali para fazer hora e me instalei no sofá de couro sobre cujo uso nunca havia refletido, e posicionado não em frente, onde havia poltronas, mas ao lado do lugar onde meu pai ficava quando estava lá. Ainda não conhecia Michel, com quem aprenderia depois sobre os encantos do couro, mas aquela textura me seduziu. Era tão agradável tocá-la com as mãos que, na intenção de sentir com mais eficácia a pele animal, abaixei a calça para que minhas coxas entrassem em contato com ela. Não foi suficiente, então tirei toda a roupa para melhor desfrutar daquela sensação, preocupado com a possibilidade de alguém, que só poderia ser meu pai, chegar de repente sem me dar tempo de reagir. Levei até o fim, sem obstáculos, uma excitação cujos componentes me escapavam e cuja conclusão só foi satisfatória durante um momento muito breve. De novo vestido, sentia vergonha de mim mesmo; em vez de desabrochar, definhara. Nunca mais faria algo parecido, embora tenha dificuldade para definir exatamente o quê. A partir daí, além dos encontros personalizados, eu conheceria os *darkrooms*, cavernas escuras de arquitetura menos agradável do que seus frequentadores, onde, contudo, a homossexualidade era praticada em plena luz do dia (ou da noite), essa homossexualidade que Michel, mais que todos, me ajudaria a construir de forma que fosse, ao mesmo tempo, meu prazer e meu refúgio, minha abertura e meu recuo, minha sala de jogos e minha toca.

8

Quando eu era adolescente, houve uma vez em que meu pai criticou Michel Foucault na minha frente. Ele o reprovava por ter citado *O inominável* em sua aula inaugural no Collège de France sem ter mencionado o nome de Beckett. No texto escrito, as frases aparecem entre aspas e não há a menor dúvida de que Michel não queria se apropriar delas. Mas, na época, eu não o conhecia e não tinha nenhum motivo para defendê-lo. Muito pelo contrário, aferrar-me à opinião de meu pai me parecia o mínimo devido não só à afeição filial, como à imagem que eu tinha dele. Era também para o meu bem. Eu compreendia que as críticas de meu pai vinham do fato de que Foucault não era publicado por sua editora e nem por isso podia ser visto como alguém sem importância. Aquilo que às vezes chamo de desejo de onipotência de meu pai é também uma busca de perfeição. Tentando fazer um comentário de seu agrado, não para elogiá-lo, mas para consolá-lo, reconfortá-lo, para que aquela lacuna deixasse de sê-lo, perguntei: "Será que Sam já ouviu esse nome, Michel Foucault?" Eu julgava estar fazendo um comentário positivo, mas o rosto de meu pai assumiu uma expressão exasperada que eu conhecia bem. Eu tinha passado da medida, como às vezes fazia minha mãe com o mesmo objetivo que eu, e também com o mesmo resultado quando, para manifestar seu apoio a meu pai, ela criticava seu adversário do momento de forma tão inverossímil que era pior do que não fazer nada, assim como um elogio despropositado acaba sendo humilhante.

Meu irmão me disse certa vez que nossa mãe falava dos romances como se estivesse falando da própria vida, e da vida como se ela fosse um romance, e achei que essa crítica poderia se aplicar a mim mesmo em inúmeras situações, inúmeras emoções. Com minha pergunta, não estava dizendo ao meu pai que Sam era um analfabeto, mas que ele se situava num nível tão alto que era inacessível para celebridades de ordem inferior. Na nossa casa ele era um tipo de divindade quase abstrata, apesar da nossa proximidade com ele, e era natural que os deuses não estivessem necessariamente a par dos descaminhos da vida editorial e intelectual. Porém, Sam não era uma divindade para o meu pai – ele que teria os olhos cheios de lágrimas ao me contar, depois de anunciar a morte do amigo, que Sam, no fim, havia lhe beijado a mão, ao passo que para meu pai só havia motivos para gratidão no sentido inverso. Para meu pai, cujo contato com Sam era constante e afetivo, ele era na verdade um ser humano, mesmo que de qualidade excepcional. Ele lia os jornais e autores contemporâneos, era óbvio que conhecia Foucault. Eu era um idiota.

É que os escritores eram, para mim, uma raça abençoada. Os filósofos podiam mostrar toda a sua inteligência, mas somente os bons escritores alcançavam outro mundo, segundo um pressuposto talvez ridículo, mas minha ambição de juntar-me a eles me impedia de duvidar do valor dessa comunidade. Michel me contou uma vez que, quando um grande escritor do século XX expressou diante dele, e contra ele, essa mesma declaração adolescente, ele respondera, simplesmente: "Está bem", dando a entender que os outros, por mais infelizes que estivessem por serem privados de uma tal graça, tinham o direito de viver e trabalhar, apesar de tudo. Na época, os autores que eu conhecia eram para mim como os meus pais: nunca fora apresentado a eles, eles estavam ali desde sempre. Eu tinha mais familiaridade com as suas obras do que a maior parte dos adolescentes, e depois jovens da minha idade, mas como pessoas eles eram, sobretudo, os convidados dos jantares lá de casa, e nesse ambiente familiar, mas solene, tinham um halo de magia. Isso era reforçado pelo fato de estarem ligados ao meu pai também fora do apartamento, naquilo que era o trabalho dele, isto é, ainda outro mundo. Todos esses seres excepcionais estavam ali na condição de escritores: cortavam a carne, se deixavam servir de vinho ou repetiam a sobremesa, como extraterrestres cuja ligação com meu pai era só o que os mantinha durante alguns instantes na Terra. Eu precisava ao mesmo tempo ter consciência do meu privilégio de conhecê-los e tomar cuidado para não me aproveitar disso. Não devia aparecer, agir contra meu interesse, que nessas circunstâncias fazia parte oficialmente dos interesses do meu pai. Michel Foucault era alguém que nunca viera jantar, uma pessoa de quem a Minuit nunca publicara nenhum livro. Minha pergunta ao meu pai era simplesmente uma maneira de fazê-lo pagar por isso.

Algumas semanas depois da morte de meu pai, o Sindicato Nacional de Editores organizou uma homenagem em que Jacques Chirac tomou a palavra como presidente da República. Como filho, apresentaram-me a ele e, nesse momento, um guarda republicano veio a grandes passos e parou diante dele, perfilou-se e depois lhe estendeu um envelope que o presidente pegou sem dizer nada. Durante um segundo, fiquei chocado, com a sensação de que aquilo era uma grosseria. Com frequência, tinha a mesma reação quando visitava meu pai na editora e ele economizava expressões como "por favor" e "obrigado" com sua secretária e com todos os empregados. Quando comecei a trabalhar no *Libération*, onde mesmo a mais alta hierarquia podia ser insultada pelos subalternos, observei que o tom usado pelo meu pai para se dirigir aos empregados parecia ser de outra época. Um ano e meio antes de sua morte, quando a Minuit ganhou diversos prêmios literários, como nunca antes, vários empregados da editora se deram ao trabalho de dizer-lhe que estavam felizes por ele, para que ele me contasse, foi porque ficou comovido. Estar no mesmo nível da literatura não o impedia de ser um patrão e de tentar ser o melhor possível – aquilo que me espantava era uma evidência.

Por mais lisonjeado que pudesse estar, achava que meu pai teria ficado escandalizado ao ver o presidente da República fazer por ele o que ele não teria feito por nenhum de seus autores. O mercado ou a história literária poderiam prestar homenagem a um editor, ou cada escritor individualmente, mas não o poder. Mais de dez anos antes, eu lera a correspondência entre Proust e Gaston Gallimard, em que o escritor martiriza o editor responsável pelo fato de sua editora ter recusado *No caminho de Swann*, ainda que tivesse se apaixonado pela continuação de *Em busca do tempo perdido*. Gostei tanto do livro que o emprestei ao meu pai, a quem, por mil motivos, só podia interessar. Ele me devolveu o livro, feliz com a leitura, dizendo: "Minha admiração por Gaston Gallimard aumentou ainda mais. Porque eu teria mandado o tal Proust para o inferno". Sua reação foi para mim um pouco como a de Beckett jogando os manuscritos na lixeira, uma surpresa completa, mas que me alegrou. Como se o triunfo da literatura estivesse muito bem, mas não a ponto de virar uma incomodação. Visto que qualquer analfabeto sabe que não se pode considerar Proust uma porcaria, aquela era a afetação inversa de um combate em prol da pureza da escrita: ter razão ou não se tornava a última de suas preocupações. Não era razão para o presidente da República se deslocar. É verdade que era apenas uma frase, ele nunca teria os originais de Proust para ler em primeira mão, mas as frases contam quando falamos com um filho.

Um dia, quando eu lhe contava sobre os bastidores da Minuit, Michel me disse que nunca um editor o tratara com esnobismo: claro, pois qualquer um deles teria feito das tripas coração para publicá-lo e seus livros saíam por uma editora importante. Ele me ensinou um outro vínculo autor-editor, ainda mais que, ao longo dos anos, ele me falava frequentemente das aventuras de suas publicações. Geralmente, o rancor ou a a inveja explicava as opiniões dos que evocavam para mim, supostamente de forma teórica, o papel dos editores. Nunca cheguei a nenhuma conclusão a partir do que diziam. Esses sentimentos não ocorriam quando era Michel que me falava do assunto. Ele gostava de contar uma história envolvendo a reedição de um livro antigo seu. Sentia-se enganado porque um editor se aproveitava de forma abusiva de um contrato e ele não conseguia fazer nada contra porque perdera a sua via assinada e o editor sabia disso. Seu único recurso fora dizer ao editor o que pensava: "O senhor é um nojo". Obviamente eu não reconhecia meu pai nessa definição, para mim era impossível atingi-lo com insultos justificados.

Depois do sucesso de *O amante*, Marguerite Duras e meu pai se desentenderam. Uma colega de jornal a entrevistou quando saiu um de seus livros por outra editora e me contou depois, com delicadeza para que não houvesse o risco de eu me sentir humilhado, o que Duras dizia sobre meu pai. "Ela falou que ele era um ladrão", me contou a colega. "Então, ela olhou para a minha mão: 'Você está usando um lindo anel, talvez seja valioso', disse. 'Você vai encontrar Jérôme Lindon? Fique de olho nele.'" A ideia de que meu pai roubaria o anel de minha colega, como um batedor de carteira, sem que ninguém visse, para depois passá-lo a alguém que o revenderia, ou então que ele próprio teria seus esquemas para passar a mercadoria adiante, não me incomodou nem um pouco, porque na verdade me fez rir.

Muito pelo contrário, lamentei que essas frases não entrassem em seu artigo, pois achava que elas só poderiam pesar a favor do meu pai. Por mais hábil que ele fosse com essa noção, para mim ele era a própria honestidade – ardiloso, com tudo o que essa palavra tem de lúdico, era a acusação máxima que poderia receber, em minha opinião. Quando eu era mais novo, ele me dissera, do alto de sua experiência, que era preciso sempre agir corretamemente, pois era o mais prático, e eu confiara em sua competência porque, como aconteceu comigo depois, a praticidade era para ele uma virtude cardinal.

As raivas e ciúmes contra Michel, provocados por seus focos de interesse e suas tomadas de posição, eram mais racionais. Porém, para mim, elas eram incompreensíveis porque eu achava que o planeta inteiro deveria expressar sua gratidão por receber uma pessoa com tanto valor. Para mim, ele poderia ter escrito, como Victor Hugo: "Surpreendeu-me ser um objeto de raiva,/depois de tanto sofrer e tanto trabalhar". Não creio que ele tivesse se surpreendido, mas eu sim: fiquei surpreso e indignado. A dedicação de Michel ao seu trabalho, mesmo sendo um autor universalmente reconhecido, contribuía para fazer dele uma espécie de símbolo que deveria ser defendido independentemente de meu amor por ele, um Sam de outra geração e com quem minha proximidade fosse diferente. "Será que Michel se preocupa com Fulano ou Sicrano?", eu poderia perguntar agora, prevendo que, infelizmente, sim, e que aquilo que é desprezível nem sempre é desprezado pela sua falta de valor. O mesmo vale para o meu pai. Eu detestava ter de defendê-lo, porque, se sua própria existência não bastara para isso, minha ajuda – minha convicção, minha admiração, meu amor – seria um argumento insignificante.

Uma frase paira em minha cabeça: "O dinheiro foi a menor de suas generosidades". O dinheiro, evidentemente, é um dos vínculos entre o autor e o editor. Mas meu pai aspirava a uma tal carga simbólica no fato de alguém ser editado pela Minuit que a remuneração deveria ser algo secundário. Ele brigava pelos livros que publicava, ficava feliz de pagar o máximo de direitos autorais que pudesse, mas isso não deveria ser o elemento principal na relação, o escritor não deveria contar muito com isso logo de cara – talvez meu ponto de vista não corresponda à realidade, mas essa é a noção que me foi transmitida. O dinheiro decorria do poder e da delicadeza.

Houve um ano em que eu passaria o dia do aniversário de Thierry na rue de Vaugirard, numa época em que telefonar para o exterior ainda parecia a coisa mais dispendiosa do mundo. Na ocasião Thierry estava em Manila, dando sua volta ao mundo que terminaria na Austrália, e Michel me dissera que, claro, telefonasse de sua casa. Aceitei sem ter protestado muito e, chegado o dia, conversamos por uns bons quarenta e cinco minutos. Não tive nenhum escrúpulo porque se aceitei tão facilmente ligar da rue de Vaugirard foi porque minha decisão já estava tomada: reembolsaria Michel depositando a quantia correspondente ao telefonema em sua conta bancária, cujos extratos ficavam com frequência sobre a grande mesa do apartamento. Agira com a mesma pretensão de requinte idiota das tias-avós do narrador, no *Em busca*, quando agradecem a Swann de modo incompreensível para os outros. Hervé costumava se exasperar com a suposta avareza do meu pai e, às vezes, dizia que a identificava em mim, levando-me a desconfiar que Michel também. Algumas semanas depois, almoçando com Alain, aquele amigo que não tomara um ácido conosco para fazer companhia a Michel, contei-lhe a história. E ele me respondeu: "Claro que não vou contar a Michel". "Claro", respondi, embora só tivesse contado na esperança de que ele contasse e, de repente, me dava conta da impossibilidade de minha tentativa, ainda mais embaraçosa que seu fracasso.

Algum tempo depois, por iniciativa de Hervé, convidamos Michel para jantar no restaurante e, no momento de pagar a conta, Hervé puxou um cartão de crédito e pagou tudo. Michel agradeceu e eu fiquei como um imbecil, reembolsando Hervé com a metade do valor total na intimidade de nosso jantar seguinte, em que ele respondeu com desenvoltura à minha censura. Eu tinha com o dinheiro a mesma delicadeza excessiva, isto é, a mesma falta de naturalidade que com as relações humanas, como se ele fosse algo de outro mundo, como se ele pedisse uma conduta perfeita. Ficava enredado nos sinais, sem saber o que fazer. Quando meu pai morreu, na hora de lidar com a herança, percebi como sua noção de economia era desligada de todo lucro pessoal. Um homem encarregado de fazer uma auditoria para estimar o valor da Minuit declarou, fazendo piada, mas com ar sério, que a editora era tão bem administrada que isso era um problema, pois seria impossível fazer a menor economia em caso de necessidade, e imediatamente pensei que essa maneira de descrever as coisas teria agradado a meu pai. Ele desejava que a editora tivesse reservas em caso de crise, quando então poderia recorrer a elas para salvaguardar sua independência. A Minuit tinha para ele um grande valor, mas não financeiro, já que ele nunca a teria vendido. Por outro lado, sua morte transformou uma parte dela em dinheiro de verdade para mim.

Foi só quando li o livro *Jérôme Lindon*, de Jean Echenoz, que soube que meu pai, quando *Os campos de honra*, de Jean Rouaud, recebeu o prêmio Goncourt, resolvera dar uma gratificação a um "certo número de autores da casa" porque "o êxito do livro, aos seus olhos, não seria completo se não participássemos dele", e renovou os cheques quando Jean Echenoz obteve o Goncourt por sua vez. E lamentei mais ainda não ter sabido antes, quando meu pai ainda vivia, porque sempre me espantei com o fato de uma editora ser mais devotada financeiramente a seus empregados do que a seus autores, com o fato de haver sempre em cada empresa, fosse ela minúscula, média ou enorme, mais empregados vivendo de seus salários do que autores vivendo de seus direitos autorais.

Quando comentei com Michel que não gostava de falar do que estava escrevendo porque tinha medo, se o fizesse, de nunca mais escrever aquilo depois, devido a uma superstição que na verdade tinha origens familiares – pois, nas raras vezes em que a Minuit anunciara num livro outros livros do mesmo autor ainda por publicar, os livros não haviam sido lançados –, percebi que, para ele, esse sentimento era bem conhecido. Michel se sentia culpado por não conseguir conter uma expressão abatida toda vez que Daniel evocava seu próximo livro, expressão que provinha do fato de esse anúncio lhe dar medo de o livro nunca ser escrito. Mas o que o deixava abatido a posteriori, quando narrava o acontecido, era o medo de Daniel interpretar sua reação como uma espécie de censura, julgamento das ideias que ele acabara de desenvolver. E esse refinamento excessivo de Michel me remetia à relação que eu tinha com o dinheiro porque, independentemente da realidade bruta, ela se vinculava a uma falta de generosidade. E carecer de generosidade, para ele, era como carecer de inteligência. Ele teria todos os motivos para se surpreender se topasse com isso.

Inconscientemente, desenvolvi em minha infância um talento que nunca deixei de ter: o de reparar na estrela da Minuit na lombada dos livros das estantes e reconhecer a diagramação de um texto da editora quando alguém lia ao meu lado no trem ou no metrô. Embora não pretendesse ser responsável pelo seu êxito, sentia pela editora uma ligação que se mostrava dessa forma. E, de repente, adquiri a mesma competência com o nome Foucault, que me salta aos olhos ainda hoje num artigo ou nas estantes cheias de livros, como se tivesse sido, desde sempre, treinado para enxergá-lo. Ler seu nome ressuscita algo de mim. O próprio Beckett não ocuparia seu pedestal com tanto mérito se ele não tivesse conhecido o nome e os textos de Michel. Apesar de ter sido durante muito tempo próximo de James Joyce, não conheceu Michel. Nesse quesito, Sam teve menos talento do que eu.

9

Uma noite, num coquetel oferecido por uma editora, encontrei meu pai conversando com um ministro em exercício. Para não interromper a conversa, ele fingiu não me ver, até que o ministro percebeu minha presença e se encarregou de interrompê-lo, sem dúvida para não faltar com o respeito a um jornalista que, além de tudo, é filho de um tal editor. Sempre me surpreendia perceber que nesse aspecto meu pai era como o sábio Cosinus,[6] cheio de respeito exagerado para com políticos que eu julgava – e ele próprio devia estar ainda mais convencido – não chegarem aos seus pés. Mas ele, sem dúvida, via algum interesse, fosse da edição, fosse da literatura, em se portar como fizera, me apagando de sua vista, o que inclusive não fazia mais que sancionar uma relação de dominação em que estar em posição de inferioridade servia-lhe unicamente

6 Savant Cosinus, ou Pancrace Eusèbe Zéphyrin Brioché: personagem de história em quadrinhos de autoria de Cristophe e publicada na França a partir de 1893. [N. T.]

para se permitir tamanha grosseria. Como o melhor a ser ensinado a um filho era a independência, nada mais pedagógico do que demonstrá-lo. Eu deveria ter resistido, mas tinha horror a conflitos, pois levava-os até o fim, obsessivamente como ele, de modo que preferia nem começá-los. A indiferença para mim era uma estratégia, bem como, frequentemente, a apatia. Eu selecionava bem as coisas que precisava levar até o fim.

Meu irmão me contou que, um dia, pedira satisfação a meu pai sobre suas relações com minha mãe, e meu pai lhe respondeu: "Minha vida de casal não lhe diz respeito", ao que meu irmão redarguiu: "Mas seu casal é a minha família". Eu nunca poderia ter feito uma pergunta dessas. Meu pai e minha mãe eram um assunto que não me dizia respeito. Não existia nada ali que devesse saber. Numa ocasião em que eu estava passando um tempo na casa de um amigo que era fissurado por garotos e os levava para casa na presença do filho, que acabava se dando conta, meu amigo me dissera um dia, referindo-se ao filho e à beira da exasperação: "Por que ele se intromete? Tenho a sensação de que quer controlar minha vida privada". Estou seguro de que se tivesse interrompido meu pai para desejar-lhe boa noite enquanto ele conversava com o ministro, o que o teria irritado teria sido, também, a interferência em sua vida privada, a intrusão que nada justificava, visto que a função ministerial de seu interlocutor já indicava tratar-se de assunto sério. Certa vez, Sam revelara que Joyce havia lhe dito mais ou menos isto: "Nada é mais importante do que a família", em circunstâncias e num tom destinados a mantê-lo à distância, e todos havíamos ficado indignados com o autor de *Ulysses* ao sabê-lo. Meu pai, competidor intrépido, que não pretendia escrever livros melhores que os de Joyce, estava decidido a superá-lo ao não atibuir explicitamente importância exagerada a uma família que, apesar disso, passaria os últimos anos da vida tentando constituir, quando já seria tarde demais.

De todo modo eu achara que meu pai tinha jogado pesado no tal episódio ministerial, tanto mais que, alguns anos antes, Michel tivera um encontro com o mesmo homem, que já ocupava o mesmo cargo, fato que me revelara com um sorriso escancarado: "Ele já devia ter sido chamado de idiota antes, mas nunca em seu gabinete ministerial".

Alguns anos antes, eu fizera uma viagem de um dia com o ministro que Michel achava tão idiota, na companhia de dois ou três outros jornalistas. Nossa missão era acompanhá-lo numa breve viagem até a Alemanha, onde ele deveria pronunciar um discurso e voltar na mesma tarde. Meu pai sentia uma satisfação social em relação a mim por eu fazer parte daquela comitiva ministerial, e eu me divertia como um malandro vil indo ao banheiro do pequeno avião militar do governo francês, em que recrutas faziam as vezes de aeromoças, para cheirar umas carreiras de heroína. Quando voltei, contudo, Michel jogou uma ducha de água fria em minhas veleidades de orgulho rebelde, dizendo que nunca deveria ter feito aquela viagem (nunca voltei a fazer outra desse tipo): "Um jornalista, sim. Um escritor, não". Eu acabara de publicar meu primeiro romance, mas ainda não sabia muito bem o que era ser um escritor. Se meu texto provocara um conflito com meu pai e se o segundo faria a mesma coisa, a médio prazo eu me retirava de nossa relação tal como instituída pelo vínculo pai-filho; a relação era deslocada e a dominação de meu pai podia dali para a frente crescer aritmeticamente, pois do meu lado não havia mais ninguém (ou quase) para resistir a ela, não havia mais combate possível, porque ele conquistava um território que eu abandonava a fim de me instalar em outro mais ao meu gosto, no qual – infelizmente para as alegrias suplementares que um e outro poderíamos ter extraído de nossos vínculos – eu me tornava inacessível.

Meu pai sempre tivera a ambição de incluir Michel na lista de seus autores e supunha que minha amizade com ele pudesse facilitar o processo. Eu teria ficado feliz se isso acontecesse. Michel o encontrara na editora depois de ter visto e gostado tanto do filme do meu irmão; meu pai aproveitara para marcar um encontro, esperando convencê-lo a lhe dar um livro, fato ao qual Michel não deu muita importância ao me contar. Disse, porém, que meu pai tinha desenvolvido uma teoria a partir do trabalho de Hervé e do de meu irmão. E Michel acrescentou que esse discurso lhe parecera completamente falso, mas o disse com indiferença, quase lástima, mais sensível ao gosto do meu pai do que às suas explicações. Virar escritor me distanciava de meu pai e me aproximava de Michel. Eu achava que meu pai tivera reticências quanto ao meu trabalho pelo fato de eu, o autor, ser seu filho, ou seja, por um motivo ruim. Ao seu modo, Michel me fez compreender que esse era um bom motivo, pelo menos aceitável durante um tempo, visto que afinal não havia sido expresso. De fato, se de cara eu apresentasse os originais do meu primeiro livro a outro editor, nada teria acontecido. Mas meu pai me ensinara a ver os livros, pelo menos alguns deles, como extremamente importantes, e eu desejava o seu julgamento literário. Quando acontecia de um romance ou um livro de ciências humanas que ele havia publicado obter um sucesso inesperado devido a alguma onda do momento ou outro esnobismo qualquer, ele evocava um mal-entendido, como se a pureza da literatura ou da sociologia ou da filosofia tivesse sido traída pelo sucesso comercial que ele, contudo, saboreava em seu exato valor, como se somente os motivos ruins desviassem tais obras de seu elitismo imaculado e os únicos bons motivos para apreciar tais textos fossem os seus, assim como eu achava que eram os meus.

Pois bem, meu primeiro romance é sobre um pai prostituindo seus filhos e os filhos se submetendo com grande disposição, pois se trata de sexo, que em geral tem mais encantos do que se o trabalho fosse o de cerzir meias, atividade que nunca pode ser agradável. Meu pai não tinha nenhum escrúpulo em me usar – minha resistência, quase inexistente, não o freava –, de modo que, sem que me desse conta, em minha cegueira assustadora, meu romance questionava um funcionamento que ia muito além do funcionamento do meu aparelho genital, que não aspirava a nenhuma genitalidade efetiva. Em minha representação da família, um pai serve concretamente ao seu filho, o que o meu tinha feito ao me dar seu nome, que eu era o primeiro a considerar o mais respeitável deste mundo, intervindo a meu favor com uma discrição em relação a mim mesmo que era uma elegância e, não podia deixar de pensar em seguida, uma carta na manga em caso de tensão, uma possível arma de dissuasão para usar em algum imprevisto. Quando a reciprocidade surgiu entre nós, ela me pareceu desigual, uma enganação, o modo como ele se servia de mim, afetando minha vida cotidiana, minha estratégia para afrontar o mundo, os raciocínios que eu julgara pessoais. Algo nele – nem que fosse tão somente o seu modo de ver, que eu herdei – obstinava-se em macular sua própria generosidade, enquanto as circunstâncias tornavam a de Michel deslumbrante. Relembrando, anos depois, o pseudônimo sob o qual fora publicado meu primeiro romance e com o qual ele queria que eu assinasse também o segundo, eu via a coisa do seguinte modo: meu pai me dera seu nome e depois o tomara, atônito por não ter suas vontades sucessivas atendidas e esse nome glorificado mais facilmente. Michel me oferecera outro nome ao qual eu lamentava não ter me mantido fiel livro após livro, como desejava meu próprio pai, com uma insistência tal e por um motivo ruim a ponto de me afastar desse nome – se ele o desejava para ele e para a família, eu deveria tê-lo desejado para mim.

Se Michel tivesse me encontrado enquanto conversava com o ministro diante do qual meu pai me esnobara, eu estava convencido de que teria achado graça em esnobar o ministro ao precipitar-se em minha direção, pelo prazer de ser grosseiro com o mais forte, e não com o mais fraco. Na realidade, estava igualmente convencido de que a estima de meu pai por aquele ministro era falsa, tributária da concordância do político com suas próprias teses, análises e soluções, de sua utilidade. Ele não admirava o homem, mas a função, não propriamente admirava, mas tolerava. Era o primeiro a colocar os escritores, sobretudo aqueles que publicava, muito acima dos políticos e, de algum modo, se considerava um intermediário, o porta-voz de seus autores junto a esse mundo equívoco, papel que lhe permitia exercer o poder do qual era depositário, evitando que seus escritores se sujassem nele. Michel, por sua vez, que não era romancista, não precisava de ninguém para comunicar ao poder em exercício o que pensava dele. Quanto a mim, quando entrei para o jornalismo, mostrei aos políticos um respeito sem segundas intenções, sem verdade, por praticidade. Um dia, tendo que trocar algumas palavras com aquele famoso ministro, como ele estava bronzeado, não pude encontrar nada melhor para dizer, em minha timidez: "O senhor está com boa cara". Mal pronunciei a frase, me arrependi, já infeliz, por conta do seu sentido ambíguo. De forma inesperada, ele me respondeu: "Mas, sabe, eu trabalho bastante". E não tive mais muitas relações com esse universo. Nesse ponto, reconhecia ser cem por cento filho do meu pai: meu mundo eram os livros e, muitas vezes, também seus autores.

Minha primeira matéria longa para o *Nouvel Observateur* consistiu em passar uma semana em Hyères, onde acontecia um festival de cinema dito de vanguarda, ou "diferente". Estava animado com a novidade e aterrorizado por ter de me confrontar com tantos desconhecidos, tinha acabado de conhecer Michel, Gérard e Hervé e ainda não me sentia forte para enfrentar as relações humanas. Aconteceu que por acaso, entre os jurados do festival, estavam, ao mesmo tempo, Alain Robbe-Grillet e Marguerite Duras, fazendo com que eu me sentisse mais à vontade. Não tinha consciência da característica que diminuía minha timidez justo ali onde ela teria devido, ao contrário, criá-la. Robbe-Grillet adorava brincar com as pessoas, e mais ainda comigo, o que me caía bem porque eu via em suas brincadeiras uma espécie de fraternidade, usando uma palavra que empregou numa das dedicatórias que me fez. Sentia que ele gostava de mim, geralmente existe respeito no humor, que apela, por natureza, à cumplicidade. Quando Valéry Giscard d'Estaing, então presidente da República, disse certa vez no programa de Bernard Pivot que gostaria de ter sido Flaubert ou Maupassant, comentei banalmente que, se ele tivesse sido Flaubert, teria sido surpreendente vê-lo assinar ao mesmo tempo *Madame Bovary* e *Democracia francesa*, livro que o presidente publicava na época. Alain me respondeu: "Mas, se ele tivesse sido Flaubert, talvez não tivesse escrito *Madame Bovary*", e recebi minha cota de sua ironia, eu que já desejava ser escritor sem que os efeitos disso fossem perceptíveis na época. Em Hyères, ele me apresentou a diversas pessoas dizendo que era a primeira vez que eu saía do meu quarto, que tinha passado toda a minha vida, até aquele momento, lendo. Eu não sabia que isso saltava aos olhos a tal ponto, mas era uma de minhas características. Michel também ria quando me falava de um autor e eu respondia que não o lera, era como se fosse algo do outro mundo ter descoberto um pássaro tão raro. Geralmente, não me posicionava como sendo superior a nada, mas constatava que meu apetite, minha bulimia literária, que era em mim apenas um tipo de hedonismo do qual nunca pensaria em me gabar, suscitava um certo respeito. Contudo, tinha o mesmo esnobismo pelas leituras que pelas personalidades: não dizia que tinha feito aquelas, ou que conhecia estas. Simpatizei com uma porção de gente do festival, minha semana em Hyère foi uma alegria. Eu era um evadido.

Depois da morte de Hervé, saiu uma biografia sua na qual encontrei uma passagem em que o autor perguntava a meu pai sua opinião sobre ele e a resposta era: "Sempre respeitei os amigos de Mathieu". Ao encontrar essa frase, inicialmente considerei ridículo, tão ridículo a ponto de desqualificar o livro, o autor julgar que a melhor frase para colocar na boca de meu pai sobre o assunto fosse essa, como se fosse tudo o que ele tinha a dizer sobre Hervé, de quem publicara sete livros ao longo dos anos. Mas Hervé estava morto e não leria o texto, eles nunca tinham se reconciliado e meu pai não dava às biografias (eu fora contaminado por essa opinião) o mesmo valor que atribuía às obras literárias. Suas palavras talvez se destinassem a mim. Em todo caso, era de meu interesse achar isso porque, para mim, fazia diferença. Assim como minhas primeiras aventuras homossexuais me haviam sido facilitadas pelo respeito que Valérie sentia por seus amantes, que se tornavam os meus, e minha escolha ficava avalizada, era mais simples que meu pai ratificasse a escolha dos meus amigos.

Hervé chegara à Minuit por meu intermédio, depois de publicar na revista que eu editava. Na primeira vez em que me confiou os originais de um livro seu, meu pai tratou de recusá-los para não ficar atrás de mim, aceitando depois *L'Image fantôme* [A imagem fantasma], que chegaria até ele por outra via. Contudo, alguns meses antes, ele me contara, evidentemente para que eu transmitisse a Hervé, que Sam tinha lido na revista um texto dele de que havia gostado muito ("La Piqûre d'amour" [A injeção de amor]). Para o meu pai, não havia maior elogio do que um elogio de Samuel Beckett, no qual eu estava incluído, ao mesmo tempo como editor do texto e amigo do autor. Era respeito, o que ele me oferecia.

Bem depois de sua morte, um de seus autores preferidos usou essa palavra ao me explicar que assinara seu primeiro contrato sem lê-lo, que lhe parecera que, se tivesse agido de outra forma, meu pai teria tido menos respeito por ele. Na editora, o costume era que o primeiro contrato comprometesse o autor por cinco livros. Era também o que meu pai assinara com Hervé, mas, como seus primeiros textos se enquadravam em gêneros diferentes (ensaio, romance, relato, livro de fotos), cada um exigindo um contrato específico, ele se vira devendo um número tão extravagante de livros quando se desentendeu com meu pai que meu pai não teve outra escolha senão liberá-lo. Mesmo comigo foi assim. Quando meu segundo romance continuou gerando problemas e decidi procurar outra editora – o que, aliás, com o correr do tempo, revelou-se acertado, inclusive para o reaquecimento de nosso vínculo, e meu pai, a quem aparentemente nunca mais perturbei, me pediu um livro na sequência para que pudéssemos encerrar serenamente aquela etapa de nossa relação –, exigi que me devolvesse o contrato com a cláusula de preferência para me preservar da eventualidade de ele fazer um possível uso do instrumento para fins de chantagem. Como acontecia com Hervé, a desconfiança de meu pai despertava minha suspeita. Eu não sabia se a atitude de assinar o contrato sem ler provocara mais respeito aos olhos do meu pai por aquele autor, um respeito que nem seu romance fora capaz de granjear, mas tenho certeza de que meu pai o teria obrigado a cumprir o contrato se ele tivesse feito rodeios, que teria mostrado ser implacável monetariamente se o escritor tivesse dado provas de alimentar um interesse doentio, quase antiliterário, por tais questões.

Para mim, tudo o que se relacionava a Hervé também se relacionava a Michel, padrinho de nossa relação desde antes do primeiro dia. E, naturalmente, meu pai respeitava não somente Michel como nossa ligação, que não passara nem um pouco por ele. Por outro lado, deveria se ressentir do fato, para o qual contribuíra com sua reserva, de eu continuar sendo amigo de Hervé depois do desentendimento dos dois. Eu construíra um refúgio no qual podia viver minha vida segundo meus afetos, sem trair ninguém. Já com Michel, meu pai não esperava que eu brigasse caso ele o fizesse, como quando brigou com meus avós durante minha adolescência e deixei de vê-los, por vontade própria naturalmente, com toda a minha independência, durante aqueles anos. De Michel, ele teria, ao contrário, preferido tornar-se próximo, já que eu o era, ser pelo menos seu editor, seguindo um processo contrário ao habitual. Teria preferido isso, mas não me pressionava nunca em relação a esse assunto, ele que sabia pressionar tão bem. Quando contei a Michel em detalhes meus contratempos editorial-familiares envolvendo os manuscritos dos meus dois primeiros romances, ele terminou por dizer: "Seu pai exagera". O exagero de meu pai era, na verdade, o tributo que pagava por sua paixão, tendo sempre um objetivo, uma solução em mente. Com Michel, ele não exagerou nem um segundo durante todos aqueles anos, nunca pronunciou uma palavra a mais – por nobreza e inteligência, respeito e consciência aguda das relações de forças.

ESTES ANOS

Um dia, conversando sobre Napoleão e os massacres provocados por ele, eu disse a Michel, divertindo-o com meu reduzido senso histórico, que, de qualquer maneira, todas essas pessoas estariam mortas agora. Se não fossem a aids e o câncer, Michel e meu pai talvez dc todo modo já não estivessem aqui hoje. Aquela época morreu, mesmo que outras pessoas sejam jovens agora.

Referi-me assim aos soldados de Napoleão porque achava uma atitude fingida se solidarizar com as vítimas, manifestar com palavras bons sentimentos óbvios que não levam a lugar nenhum. Solidariedade é outra coisa. Isso me remete a uma resposta que Bernardo me deu há muito tempo, depois da morte de Hervé, sete anos e meio depois da de Michel, quando conversávamos sobre as vítimas da aids e ele me disse que eu era uma delas. Aos meus olhos, era obsceno: as vítimas da aids eram os doentes, os corpos, para aqueles que os amavam. Eu usurparia a compaixão se pretendesse ser uma delas, e é necessário ser Napoleão para merecer ser um usurpador. Eu fora levado por minha educação a achar que meu pai merecia tudo; só minha convicção e meu afeto me persuadiam de que era Michel que merecia tudo.

Acontece o mesmo com o escritor. Para mim, que sempre me definira intimamente como tal, bastava sabê-lo, sem pretender convencer os outros disso antes mesmo de ter escrito. O que peço à escrita, antes de qualquer coisa, é que me deixem praticá-la. Michel me disse uma vez que, ao contrário de mim, Hervé morreria se não pudesse escrever, e nessa constatação não colocava nada de sagrado nem de decisivo, ele que estava convencido de que sua própria vida poderia ter sido diferente. Tempos depois, fiquei surpreso de Hervé declarar que enlouqueceria, que assassinaria alguém se não pudesse escrever. Eu talvez tivesse enlouquecido, se é que já não estava louco, mas nunca o diria. Sou louco quando escrevo.

* * *

Recebo no jornal um livro grosso do qual nunca ouvira falar, cuja organização em formas breves, fábulas de moral duvidosa, bem como as primeiras linhas e o título, *Sublimes paroles et idioties de Nasr Eddin Hodja* [Sublimes palavras e idiotias de Nasrudin Hoca], me atraem, de modo que leio o livro com prazer, quase fascínio. Trata-se de uma reunião de histórias muito antigas em torno de uma figura lendária do mundo muçulmano que me lembra as histórias judaicas. Se ainda fosse possível, tê-lo-ia emprestado a meu pai, certo de que o divertiria. Meu texto preferido, entre as centenas que o volume contém, chama-se "A essência do meu ensinamento". Nasrudin, cretino espertalhão, desonesto e simpático, está dando uma aula quando o pai de um de seus jovens alunos chega para lhe oferecer um prato de baclavás. Em seguida, o mestre é chamado do lado de fora da sala. Com medo de que comam os doces durante sua ausência, ele previne os alunos contra as guloseimas, que diz estarem envenenadas. Porém, mal sai da sala, os doces são devorados. Quando Nasrudin volta, é um espetáculo desolador: não restou nenhum baclavá, seu tinteiro de porcelana está em cacos e as crianças se contorcem de dor. Ele pergunta o que houve e um dos alunos responde: "Ó, mestre!", ele consegue dizer em meio à agonia da dor, "não seja severo conosco. Ficamos tão sentidos por ter quebrado seu tinteiro que nos suicidamos todos comendo os doces envenenados".

"Levantem-se, meus caros meninos. Parabéns por terem compreendido tão bem a essência do meu ensinamento."

Na noite em que conheci Corentin, no fim de 2004, tudo se passa maravilhosamente, no bar e depois em casa. Não dormimos nem um segundo – há anos isso não me acontece –, nos amamos e conversamos. Curiosamente, chegamos ao tema da psicanálise. Digo a ele que nunca fiz, que a única coisa que sei de verdade a respeito é que tive um amigo que tinha bons motivos para achar que não convém se apaixonar por um rapaz em análise. "Eu faço análise", me responde ele, sorrindo. E eu o beijo, sorrindo também, porque, evidentemente, não tem a menor importância, é só uma dessas regras de vida que não tem que ser confrontada às circunstâncias. O amigo era Michel e, embora não tenha motivos para compará-lo a Nasrudin Hoca, me sinto fiel a seu preceito, que ele nunca apresentou como tal e que não respeitava. Ele também sorriria.

Antes de conhecer Michel, tentei uma vez começar a fazer análise, mas o sujeito não me agradou o suficiente para que eu voltasse. Contara isso a ele, acrescentando que o custo do processo atrapalhara minha carreira analítica, e Michel achara isso uma excelente motivação para renunciar. Respondi-lhe que, como me parecia que tinha precisado de coragem para recorrer à análise, achara difícil também julgar corajoso ir embora tão rápido. Depois disso, sempre que encontrava um analista, ele me dissuadia de começar o tratamento, sob o pretexto de que eu não precisava, e eu me recriminava por minha habilidade para enganá-lo. Quando meu pai ainda estava vivo, contudo, considerando meu estado, tive de consultar uma psicanalista recomendada por Bernardo e que me agradou bastante. Ela também me afirmou que eu não precisava de tratamento, mas disse que estaria disponível para mim sempre que desejasse. Uma semana depois do nosso segundo encontro, deparei com uma matéria no *Le Monde* que anunciava seu falecimento. Recebi essa morte como um pressentimento, mas não leve, ambíguo, resultado de uma interpretação muito pessoal, como eles podem ser – um pressentimento maciço, um golpe de morte, em que se misturavam superstição, ciência e magia: para mim, bastava de psicanálise.

Porém, ela teria certamente algo para me dizer sobre a epidemia de mortes que se desencadeou ao meu redor durante algum tempo, embora nenhuma "morte de amigo" tenha adquirido o peso da famosa “morte do pai”. Houve um período em que minha tristeza parecia uma maldição, como se, sinistro rei Midas, todas as pessoas de quem eu me aproximava morressem, como se, mesmo sem querer, eu fosse dotado de um poder maléfico e só pudesse sobreviver em meio ao massacre a esse preço. Esse sentimento alcançou o apogeu na morte de meu avô, que foi, apesar de tudo, a menos escandalosa. Ele estava velho e seu câncer acabou por derrotá-lo. Mas sua morte ocorreu algumas semanas depois da de Hervé, cujo caráter esperado e, definitivamente, desejável não aliviara em nada seu caráter pavoroso. Fui tomado pelo desânimo com a perspectiva de ter de ir uma vez por mês ao cemitério para enterrar alguém próximo. Não era o que esperava da vida. Além disso, tinha acabado de conhecer Rachid. Já estava apaixonado por ele e queria que ele me acompanhasse ao enterro. Isso era impossível por vários motivos: porque ele tinha voltado para o Marrocos, o que em si já bastava, mas também porque era homem, era magrebino e tinha quinze anos menos que eu. Qualquer de meus primos poderia ter comparecido com a namorada, mas eu não podia ir com ele, e isso me aborrecia, mesmo não ocorrendo de fato, mesmo se passando apenas em minha cabeça. Imaginava que todo mundo teria me olhado com um ar esquisito, sem contar o que Rachid teria sentido estando lá, e meu pai – sem explicitar seu sentimento pessoal, apenas infeliz por seu filho causar má impressão – teria me censurado, como um árbitro imparcial, por não ter levado em conta essa reação previsível.

Alguns anos depois da morte de Michel, eu achava que chegaria o momento em que o tempo passado depois de sua perda seria superior àquele durante o qual havíamos convivido, e esse pensamento voltou muitas vezes. Quando Hervé morreu, esse dia já tinha chegado. E veio outro dia ainda em que mesmo Hervé morreu há mais tempo do que o período em que fomos tão próximos. Com meu pai, evidentemente, isso está longe de acontecer (se, um dia, eu me tornar quase centenário). Os seis anos passados perto de Michel representam, em porcentagem, uma parte cada vez mais ínfima de minha existência, que mesmo assim aumenta sem parar no espaço mais sincero da minha imaginação. Comparar anos a anos é somar alhos com bugalhos, não tem nada a ver com a matemática da existência. Mas os números me fascinam.

Em nossa primeira noite, pergunto a Corentin o que ele faz, e ele me conta que se prepara para entrar no curso de filosofia da École Normale Supérieure. Pergunto o que ele acha dos filósofos contemporâneos – contemporâneos para mim, Michel morrera fazia vinte anos já – e ele me responde que não os conhece muito bem, com exceção de Foucault, cuja leitura lhe faz um bem enorme. Cada vez gosto mais dele. Fico encantado com a sua juventude. Pergunto sua idade e a seguir, depois dessa primeira resposta, a data exata do seu nascimento. Vejo que ele nasceu depois da morte de Michel. Calculo rapidamente a diferença de idade entre nós e ela é a mesma que entre Michel e mim.

No momento mais intenso de meu afeto por Michel enquanto ele vivia, tinha a esperança de que, quando chegasse à idade dele, haveria alguém da idade que eu tinha na época para me amar tanto e ser tão devotado a mim quanto eu por ele. Mas isso era uma fantasia que se projetava num futuro tão distante que nunca cheguei a esperá-lo de verdade, como algo real. Era, sobretudo, um modo de me comprazer na relação com Michel, de me nutrir de sua qualidade, uma espécie de masturbação sentimental. Quando percebo a diferença de idade entre mim e Corentin, na verdade não penso, de forma alguma, em minha relação com Michel: seria muito pretensioso e bem pouco verossímil me identificar com ele, exceto quanto a esse ponto preciso. Por isso, parece-me bem mais uma coincidência, uma anedota que faz bem pouco sentido, principalmente porque ignoro qual será o futuro de minha ligação com Corentin, com quem estou apenas passando uma noite inesquecível, mesmo tendo a sensação imediata de que ela desembocará em algo mais. Mas o que sinto implicitamente é que a diferença de idade não tem nenhuma influência nefasta, que não há motivos para ter medo. Tenho confiança numa relação assim, sei que funciona. Essa é uma das lições que aprendi com Michel, na realidade com Michel e comigo, e que de fato se tornou tão natural para mim que preciso da distância da escrita para poder perceber que eu teria podido pensar de outra forma.

Um ano depois do nosso encontro, Corentin e eu vamos passar uma semana de férias no exterior. No dia seguinte à nossa chegada, devo ter levantado para ir ao banheiro durante a noite, pois recupero a consciência já no chão do banheiro. Desde a adolescência tenho pressão muito baixa, o que me faz sofrer inúmeros desmaios, de modo que não me preocupo e volto para a cama. Depois de alguns minutos, ainda não me sinto bem e, assim que Corentin abre um olho, conto-lhe o que acaba de acontecer e lhe sugiro irmos rapidamente tomar o café da manhã, que devem começar a servir em breve, e que me dará alguma força. Porém, me sinto mal durante o café. Corentin me leva de volta para o quarto, aonde rapidamente chega o médico do hotel. Ao saber meu nome, pergunta se sou da família não do meu pai, mas do ator, e eu, que normalmente me furto a esse tipo de pergunta, respondo que ele é, sim, meu primo-irmão. Devo estar preocupado, tentando desse modo garantir que cuidem bem de mim. Minha pressão, na verdade, está normal, mas torno a desmaiar, dessa vez também com espasmos portentosos, como me contam depois, e o médico me transfere imediatamente para uma clínica. O trajeto é terrível, não percebo que perco a consciência diversas vezes, que estou, como me dirá Corentin, completamente inacessível, gelado e inacessível, e só me tranquilizo quando me lembro, num momento de consciência, que alterei uma parte do meu testamento depois de ter conhecido Corentin. Dou a ele a senha do meu telefone, caso seja preciso ligar para Rachid e Gérard. Depois ele contará sobre o estado de angústia em que estava, mas no momento parece tranquilo, sua presença só me acalma – é exatamente o contrário de mim em relação a Michel na ocasião do último ácido.

Na clínica, depois de vinte e quatro horas, concluem que, se por um lado foi um milagre eu ter sobrevivido até ali, por outro terei de passar por uma operação muito simples, que transcorre perfeitamente e, já na manhã seguinte, não corro mais nenhum risco. Quando volto para o quarto depois de um dia na sala de recuperação, telefono para Rachid. Desde que o conheci, quando ele morava no Marrocos, telefono todos os dias para ele. No começo, tinha medo de pesar sobre ele agindo desse modo, mas um dia ele me disse que teria um treco quando deixasse de receber meu telefonema diário em Marrakech. Excepcionalmente, não telefonei para ele na véspera: não serviria para nada preocupá-lo contando sobre minha operação, pois só depois de algumas horas teria condições de dar alguma notícia. Então soltei tudo de uma vez só, que por pouco não tinha morrido mas que agora estava novinho em folha. Ainda estou medicado, mas tranquilo. Como ele tem de passar em alta velocidade pelos estados que atravessei, percebo, no final de meu breve relato, que ainda está perturbado pelo risco que eu correra. Sua mãe morreu, é certo, mas sem que ele a tenha conhecido. É um drama de outra ordem. Ele não sabe ainda que até mesmo as pessoas que mais amamos e com as quais tomamos tanto cuidado podem morrer. É algo que só se aprende vivendo.

Um enfermeiro me acompanha quando deixo a sala de recuperação e, diante das outras enfermeiras, me dá uma espécie de fôrma de gelo para guardar os medicamentos, com três pequenos compartimentos para manhã, tarde e noite, repetidos dez vezes. Agradeço e as outras enfermeiras riem. O cirurgião me dissera que eu não seguiria nenhum tratamento depois da operação, assim, em meu entorpecimento, só me pergunto depois se esse enfermeiro com ar insolente não se comporta comigo dessa forma por maldade, como se a presença de Corentin ao meu lado – o mesmo sexo, idade diferente, ou os dois – me transformasse numa pessoa antipática, que deve sofrer trotes. Isso só me vem à cabeça, por inversão de sentimentos, quando uma amiga, que por milagre também estava por lá de férias, me conta que o médico lhe perguntou antes da operação se Corentin era meu filho. "Não", ela responde. "Namorado?", ele pergunta então. "Sim", ela responde. "Ele parece amá-lo muito. Que bom", diz o médico. Esse diálogo me comove, essa indiscrição de boa índole. Corentin me diz também que esperou no corredor durante a operação e que, logo que ela terminou, o médico veio lhe dizer que tudo estava bem de uma forma que não é a mesma usada para dar a notícia a um filho. O enfermeiro é um mal menor. Fico feliz por essa aventura ter acontecido no exterior, longe de toda burocracia. Penso em Michel, porque tudo o que tem a ver com a morte me faz pensar nele. Em meu pai, porque sempre me lembro da frase que Proust repete em sua correspondência depois da morte da mãe, que a única coisa que o consola um pouco dessa morte é que ela impede que sua mãe sobreviva a ele. Saio eufórico dessa viagem, na qual ganhei uma intimidade com Corentin maior até do que a intimidade gerada pelo ácido mais violento. Não é como sobreviver a uma epidemia, tratava-se apenas da minha própria morte.

Não torno a fazer outra viagem longa, até ir recentemente para o Egito com Corentin. Na primeira noite, ao chegar ao hotel, o recepcionista parece surpreso e diz algumas palavras em árabe ao telefone. Relacionamos esse fato ao que acontece logo a seguir, já no quarto, quando chegam dois homens trazendo uma cama de solteiro, que instalam ao lado da outra, de casal, que até então era a única cama. Não vemos nenhuma graça. Nunca se passou uma situação desse tipo com Rachid, talvez porque ele tem quinze anos mais que Corentin, ou simplesmente porque o Marrocos não é o Egito. Ficamos desconcertados. Não quero dar uma de militante, então aguento a situação e dou a gorjeta esperada aos dois homens, que na minha opinião estão longe de merecê-la. No fim das contas, é só não dormir na cama de solteiro e pronto. No dia seguinte, à tarde, o telefone toca quando estamos a sós no quarto e, quando atendo, desligam, alimentando nossa paranoia, como se tudo fosse válido para nos impedir de fazer amor. Imagino que se Corentin e eu tivéssemos o mesmo sobrenome, se pudessem suspeitar de que eu era seu pai, os funcionários do hotel não iriam reparar tanto. Qualquer filho é como um visto para a vida social, a paternidade afasta os maus costumes.

Pensando nisso, de repente me faço a seguinte pergunta: que pai eu sou, eu que não tive filhos? Como se, às vezes, me rendesse diante do assalto das convenções, como se, apesar da sexualidade pelo menos subentendida ali como incestuosa, uma relação entre duas pessoas com muitos anos de diferença questionasse, necessariamente, a paternidade. Algo desse tipo não se passou nem de longe quando Michel ainda vivia, eu o amava como Michel, de forma alguma como um pai: nunca tive por ele nenhum ciúme, nenhuma amargura, nenhuma exasperação, coisa que ninguém pode esperar do melhor filho nem do melhor namorado.

* * *

Vejo no Google que a réplica em *Fim de partida*, "Nada é mais engraçado que a infelicidade", virou tema de dissertação. Quando eu era criança, lá em casa, esse era um aforismo engenhoso com o qual eu e meu irmão nos divertíamos quando os Beckett vinham jantar. Observáramos que sempre havia um momento na conversa em que o registro não era mais o da alegria, quando Suzanne e Sam evocavam diversas catástrofes que inevitavelmente haviam acontecido, como a morte do ator que havia criado determinado papel beckettiano em Londres, ou a de um diretor de teatro que fora o primeiro a encenar tal peça em Nova York ou Berlim. Nossos pais se solidarizavam, lamentando, mas eu e meu irmão, felizes e orgulhosos de ver nossos prognósticos confirmados, nos segurávamos para não cair na risada, o que, contudo, sabíamos que seria de mau gosto. Algo semelhante sempre ameaça acontecer comigo, já adulto, num cemitério.

Desde que conheço Rachid, todas as vezes que lhe conto que alguém não muito próximo morreu, ele sorri. Na primeira vez, fiquei surpreso, mas não chocado. Não há maldade em seu sorriso, nem ironia. Ele só está constatando a inadequação entre o drama que é a morte e a dor que nesse caso, para mim, é suportável. Do mesmo modo, ele poderia fazer cara feia ao ouvir as palavras "eu te amo" ditas com leviandade ou calculismo. Está tão sintonizado com a verdade das relações que todo fingimento o incomoda.

Desde que o conheço, também, temo mais do que tudo a morte de seu pai. Tinha medo da de Hassan II e das consequências que ela poderia trazer para ele no Marrocos, estava enganado. Mas o pai de Rachid é uma figura maravilhosa, magnífica e mágica. Nunca o encontrei, ele aparece de vez em quando na conversa e com frequência em seus livros. Há alguns anos, Rachid me disse: "Você é como meu pai: você quer apenas o meu bem", e isso me emocionou. A comparação era pontual, nós dois sabemos que nossa relação não se parece em nada com a de um pai e um filho. Mas não há ambivalência em seus sentimentos para com o pai, toda pequenez, toda amargura parecem estar fora dessa relação. Vejo como Rachid soube fazer dele um personagem. Ele narra em *Ce qui reste* uma cena que já me comovera quando ele me contara em viva voz. "Você acaba de me chamar, 'Rachid, meu filho, vem comer', adoro quando você me diz 'Meu filho', sinto imediatamente um sopro que sai de mim como uma libertação. É estranho, sei que o deixarei constrangido contando que não há muito tempo um leitor meu, de mais ou menos vinte e cinco anos, me parou num centro comercial em Paris porque me reconheceu, e me disse: 'É você, Rachid O.? Seu pai vai bem? Só queria saber isso, bom, obrigado'. Eu parei, me escondi embaixo de uma escada para chorar sem que me vissem porque senti uma ternura enorme, algo completamente inesperado." O pai e o filho me enchem os olhos de lágrimas nessa cena. Teria sido tão bom se tivessem me parado para fazer a mesma pergunta, nessas mesmas circunstâncias, se eu tivesse criado, por meio da literatura, tanto afeto por um ser vivo. Deve ser uma felicidade enorme ter dado à luz seu próprio pai.

Há algumas semanas, embora eu ignore o que a família dele sabe a meu respeito, Rachid, sem repetir o que ele próprio havia dito, com um carinho que me comove, refletido na frase com que o pai lhe responde, repete-a para mim: "Ele é mais velho que você. Você deverá estar ao lado dele quando ele precisar de você". É uma bênção e estou incluído.

Mas o pai de Rachid já não está tão bem. Ele acaba de morrer bruscamente. Rachid me liga para dizer que acaba de voltar do enterro, tendo tido só o tempo de viajar para o Marrocos e ver seu pai ainda vivo, mas muito mal. Dá pena ouvir sua dor. Procuro me controlar, ele não me telefona para compartilhar comigo seu sofrimento, mas para que eu tente consolá-lo um pouquinho. Acontece que seu pai morreu, não tenho nada a dizer porque me sinto preso à honestidade, porque me sinto arrasado por solidariedade, por contiguidade, por amor, que conduz tão bem a dor, transmitindo-a na velocidade da luz. Minha imaginação não serve para nada. Sim, os seres que amamos morrem e não ressuscitam. A realidade é aterrorizante. Nunca encontramos o humor adequado para fruir da desgraça no que ela tem de injustamente engraçado.

Quando ele volta a Paris e conversamos ao vivo, quando uso a frase "a morte de seu pai", em sua tristeza, ele sorri. Por mais que eu ame Rachid e tenha amado meu pai, trata-se agora da morte do pai dele. Não importa o meu sofrimento, o dele agora é inacessível para mim. Fico desarmado. Um medo me liga a ele desde sempre, um medo que é o amor. O mesmo se passava com meu pai e Michel, e também existe agora com Corentin e Gérard: o temor – o terror – de não poder impedir que a desgraça atinja a pessoa amada. É como se eu não aproveitasse o fato de não ser pai daqueles que amo, não ter uma função, fisiologicamente falando, em sua existência, e integrasse, mesmo sem querer, o lado mau da paternidade, uma responsabilidade que ameaça, angustia e desnaturaliza. Preciso da ajuda do outro para sair disso.

Acontece que Corentin também não anda muito bem ultimamente – Corentin é jovem. Ele não sabe como organizar a vida, o que fazer dela. Tem medo de que seus estudos só sirvam para estragar seu presente, o cara de quem ele subloca um quarto não age corretamente e ele precisa se mudar às pressas, sua inteligência nem sempre lhe facilita a existência, ele não imagina ainda com qual trabalho poderá ganhar a vida sem ser um fardo horrível. Tem a sensação de que nada o prende, de que tudo escapa. Me esforço para ajudá-lo a mudar esse estado de espírito, mas em vão, fico confuso quando tenho de enfrentar o fato renitente de que às vezes ele desanima, e minha exasperação, associada à impaciência que ele me provoca, só pioram as coisas. "Mas não é um drama estar deprimido", ele me diz uma noite, dando uma risada que me contagia. A partir de então, tudo fica mais simples. Deixar que ele fale, escutá-lo sem pressão já é alguma coisa, assim como estar ali, com aqueles sentimentos, significava alguma coisa para Michel. Sendo mais novo ou mais velho, entre duas pessoas separadas por uma grande diferença de idade, sou sempre eu que aprendo. Sou o herói de um romance de aprendizado perpétuo, de reeducação permanente.

Entendo a clarividência eficaz de Rachid e Corentin como um vínculo geracional, pois é norma que o mais novo compreenda que determinado comportamento não se justifica pela moral, mas pelas obsessões e características dos mais velhos, e se sinta obrigado (ou não) a agir de acordo, protegendo com isso os mais velhos, como eu mesmo tive várias vezes a sensação de fazer. Não era assim com Michel. Teria querido que ele também conhecesse Rachid e Corentin para ajudá-los, para que fizesse mais do que eu. Sei que não basta ter envelhecido para ser como ele, seria preciso ser ele. E, apesar disso, tenho o sentimento de que Rachid e Corentin e eu próprio estamos na linha direta do ensinamento que podemos tirar de *O uso dos prazeres* e de *O cuidado de si*, os dois livros publicados alguns dias antes da morte de Michel e nos quais ele trabalhou tanto, Corentin tendo lido os dois, Rachid não. Adoro o modo como um e outro me escutam quando lhes falo dele. Gostaria de ser capaz de repetir o ensinamento de Michel, temia que isso estivesse para além de minhas forças, mas é como se uma parte desse ensinamento se repetisse por conta própria, mecanicamente, assim como Michel frequentemente me levou a pensar que, numa psicanálise, a qualidade do analista era secundária em relação ao processo em si. Michel e meu pai me transmitiram, cada um ao seu modo, um jeito de amar, não é mesmo? Cada um, dois: existe o modo de amar e o modo como somos amados.

Às vezes, alguém me fala da relação que teve com meu pai de uma maneira que lhe parece lisonjeira, porém, analisando esses relatos, não vejo motivos para que contem vantagem. Sinto-me pouco à vontade e não interfiro: não me cabe pôr fim aos mal-entendidos que meu pai deixou prosperar de propósito, de corrigir sua estratégia, mesmo que *post-mortem*. Um dia, uma pessoa que mal conhecia Michel me contou que conversara com ele sobre meu pai e sobre mim, julgando me transmitir uma informação elogiosa, mas achei aquilo uma grosseria. Não fiz comentários. No fim das contas, entendo que o desejo de ser fiel a Michel é apenas meu, ao passo que, em se tratando de meu pai, não desonrar seu nome é minha responsabilidade pública. Aos dez, vinte, quarenta e cinco ou cinquenta e cinco anos, sempre fui filho, enquanto Michel nunca teria sido o amigo que foi para um moleque de oito anos. Assim é a paternidade: já ter amado a criança, tê-la tido à sua mercê.

"De que valeria a obstinação do saber se ele assegurasse apenas a aquisição dos conhecimentos e não, de certa maneira, e tanto quanto possível, o descaminho daquele que se conhece? Existem momentos na vida em que a questão de saber se se pode pensar diferentemente do que se pensa, e perceber diferentemente do que se vê é indispensável para continuar a olhar ou a refletir",[1] escreveu Michel na introdução de seu *O uso dos prazeres*, cuja escrita foi contemporânea de nossa relação. E me lembro de como me impressionei, bem antes de conhecê-lo, com esta frase da introdução de *As palavras e as coisas*, em que ele comenta o riso decorrente de uma classificação extravagante num texto de Jorge Luis Borges: "A pura impossibilidade de pensar *isso*". Pensar de uma outra maneira era o que ele também

1 Trad. Maria Thereza da Costa Albuquerque. Rio de Janeiro: Edições Graal, 1984. [N. T.]

buscava no ácido, para além dos momentos passados conosco. Por incompetência filosófica, Hervé e eu, que não havíamos feito nenhum estudo nessa área, estávamos mais capacitados a ajudá-lo, fazendo-o perceber, por acaso, ignorância ou fantasia, novas pistas – coisa que talvez não conseguissem aqueles que possuíam uma formação mais confiável à dele, mas com inteligência e coragem menores. É por isso também que me pareceu claro – e gostei de ter compartilhado com Daniel essa evidência – que Michel teria gostado de Rachid e seus livros. Viver é viver de outra maneira.

O que Michel nos legou é essa possibilidade de criar relações inimagináveis e de acumulá-las sem que a simultaneidade seja um problema. Por um lado, nada me comove mais que a fidelidade; por outro, ela me parece de uma preguiça imoral. Michel se divertia pensando que o total de *mil e tre* parceiras que tornava Don Juan tão monstruoso era atingido em três anos por qualquer gay que saísse todas as noites. Às vezes considero a exigência de fidelidade sexual uma vergonha.

* * *

Só pude ver a maioria dos longas-metragens de Charlie Chaplin quando era adolescente, já que um entrave ligado aos direitos autorais impedia sua projeção durante minha infância. Lembro-me de um dos primeiros a ser exibidos, em que Carlitos chega em casa, abre a porta e uma viga cai sobre sua cabeça. Três, cinco vezes a cena se repete, porque, em todas as vezes, Carlitos está distraído ao abrir a porta, até o momento em que ele se lembra, mas não adianta nada. É inútil abrir a porta com cuidado, a viga cai sobre sua cabeça da mesma forma. Adorei essa *gag*. No dia seguinte, como não fora possível assistir ao filme durante anos, o *Le Journal du Dimanche* entrevistava jovens espectadores querendo saber o que tinham achado, e um deles falava que o filme era admirável, com exceção da cena da viga, que julgava repetitiva. Como bom adolescente, fiquei orgulhoso de meu gosto tão original.

Mais adiante, extraí uma espécie de metáfora daquela cena. Para mim, a essência do efeito cômico está na importância atribuída pelo espectador à distração de Carlitos, ao fato de ele não se lembrar do risco da viga. Porém, quando ele empurra a porta pouco a pouco, justamente porque se lembrou do perigo, ainda assim a viga despenca sobre ele, porque sua queda não depende da cautela de Carlitos ao abrir, mas do ângulo da porta ao se abrir. Quando ela abre um pouco além do possível, mesmo que minimamente, a viga desmorona, independentemente dos cuidados de Carlitos. Quando eu era jovem, achava que era inteligente. Depois me dei conta de que também era burro, mas essa constatação me pareceu um sinal de inteligência. Depois, não tive alternativa senão descobrir que quando era burro, eu era burro, e saber não mudava nada.

Sou um necrófilo: insisto em amar os mortos. Como o adolescente que se masturba, não consigo evitar. A necrofilia não é um vício sexual, mas uma afeição afetuosa. O que acabei recebendo com este livro foram meus próprios amores. Tive a sorte, quando era muito moço, de que a morte das pessoas amadas ficasse no além: o de minha própria existência. Depois, precisei enfrentá-la. A de Michel foi uma viga de tamanho desmedido caindo sobre a minha cabeça, me devastando o crânio e o corpo inteiro. Consegui me acostumar com ela. A morte tem certa suavidade, também, depois de envelhecer. Mas todos sabem que, ao acaso de uma lembrança ou associação, ela ressurge em toda a sua crueza. A última vez em que passo pela rue de Vaugirard antes de sair para jantar com Daniel, ouço um barulho desagradável durante toda a minha visita. Quando, enfim, pergunto a ele o que é, Daniel me explica que o barulho vem do elevador, recentemente reformado, que está com algum defeito que o síndico não tem pressa de consertar. Uma tristeza ridícula me invade ao pensar que o recanto Mahler morreu, pòr mil motivos, e agora ainda mais esse.

Eu teria gostado de escrever este livro de maneira que, ao lê-lo, Michel e meu pai se emocionassem, não fosse o fato de que ele se apoia na crua impossibilidade dos dois de fazê-lo com todo e qualquer sentimento – é impensável. Lembro-me de uma anedota sinistra sobre o dono de um cachorro muito amado que agora estava morto e que, diante dos ossos do cadáver, lamenta que o cachorro já não possa nem mesmo regalar-se com eles: num momento ou em outro, essa é a história de todo amor.

SOBRE O AUTOR

MATHIEU LINDON nasceu em 1955. Escritor e crítico literário, trabalha há muitos anos no jornal *Libération*. Assinou seu primeiro romance, *Nos plaisirs* (1983), com um pseudônimo criado por Michel Foucault: Pierre-Sébastien Heudaux (pronunciado, em francês, pseudo). Autor de dezenove romances, viu um deles, *Le procès de Jean-Marie le Pen* (1998), que mistura ficção com uma realidade política de extrema direita, ser considerado difamatório pela Corte de Paris e pelo Tribunal de Justiça da Comunidade Europeia. O fato suscitou um movimento de apoio à liberdade de expressão liderado por diversos autores franceses.

O que amar quer dizer recebeu o prêmio *Médicis* em 2011.

Liberté • Égalité • Fraternité
RÉPUBLIQUE FRANÇAISE

MÉDIATHÈQUE
MaisondeFrance

Cet ouvrage, publié dans le cadre du Programme d'Aide à la Publication 2013 Carlos Drummond de Andrade de la Médiathèque de la Maison de France, bénéficie du soutien du Ministère français des Affaires Etrangères et Européennes.

Este livro, publicado no âmbito do Programa de Apoio à Publicação 2013 Carlos Drummond de Andrade da Mediateca da Maison de France contou com o apoio do Ministério francês das Relações Exteriores e Européias.

FOTO DA CAPA Marc Jammet

Coordenação editorial HELOISA JAHN
Assistente editorial RAQUEL TOLEDO
Revisão CARLOS A. INADA
Projeto gráfico FLÁVIA CASTANHEIRA
Produção gráfica MARIANA TAVARES GERALDO

1ª reimpressão, 2015

Nesta edição, respeitou-se o novo Acordo Ortográfico da Língua Portuguesa.

Dados Internacionais de Catalogação na Publicação (CIP)

Lindon, Mathieu [1955-]
O que amar quer dizer: Mathieu Lindon
Título original: *Ce qu'aimer veut dire*
Tradução: Marília Garcia
São Paulo: Cosac Naify, 2014

ISBN 978-85-405-0790-6

1. Literatura francesa I. Título.

CDD 840

Índices para catálogo sistemático:
1. Literatura francesa 840

COSAC NAIFY
rua General Jardim, 770, 2º andar
01223-010 São Paulo SP
cosacnaify.com.br [11] 3218 1444
atendimento ao professor [11] 3823 6560
professor@cosacnaify.com.br

FONTE Mercury
PAPEL Pólen soft 80 g/m²
IMPRESSÃO Geográfica